À propos de l'autrice

Enfant, **Capucine Auclair** s'évadait à travers la bande dessinée et les jeux vidéo. Désormais joueuse à la retraite, c'est dans l'écriture qu'elle a trouvé un nouveau moyen de s'évader. Son terrain de jeu : la romance contemporaine qu'elle relève d'une touche d'humour et d'un soupçon de culture 2.0.

Irrésistible… et insupportable !

CAPUCINE AUCLAIR

Irrésistible… et insupportable !

HARLEQUIN

HARPERCOLLINS FRANCE
83-85, boulevard Vincent-Auriol, 75646 PARIS CEDEX 13
Service Lectrices — Tél. : 01 45 82 47 47 - www.harlequin.fr
ISBN 978-2-2804-8378-0

Composé et édité par HarperCollins France.
Imprimé en décembre 2022 par CPI Black Print (Barcelone)
en utilisant 100% d'électricité renouvelable.
Dépôt légal : janvier 2023.

FSC
www.fsc.org
MIXTE
Papier issu de sources responsables
FSC® C159065

Pour limiter l'empreinte environnementale de ses livres, HarperCollins France s'engage à n'utiliser que du papier fabriqué à partir de bois provenant de forêts gérées durablement et de manière responsable.

1

— Vic ! Remets-lui sa laisse !

Victor courut vers Hug pour rattacher la laisse au collier du chien. Je hochai la tête, satisfaite.

— Voilà, maintenant, tu peux aller plus loin.

Il me lança un de ses sourires de canaille avant de s'éloigner en trottinant, Hug à ses côtés.

Je repris ma cigarette en soupirant.

Je détestais le début du printemps, il faisait trop froid ici. Quand j'étais gamine, je m'étais juré qu'une fois adulte je partirais vivre dans un endroit où il n'y aurait pas d'hiver. Je ne voulais ni printemps ni automne. Je détestais ces entre-deux humides, où l'on ne savait plus comment s'habiller. Enfin, les rêves de gamine étaient loin, et pas de vie au soleil pour moi : j'étais restée dans ma banlieue parisienne et vivais dans un HLM pourri d'où j'avais peu d'espoir de sortir. C'était là que je terminerais ma vie, entourée de trois ou quatre chats que j'appellerais mes bébés. Victor viendrait peut-être me voir de temps en temps, pour Noël ou la fête des Mères, un pitoyable bouquet de supermarché acheté à la va-vite à la main. Il resterait vingt minutes à me parler de son boulot et de ses vacances avec ses potes, je lui parlerais de mon chômage et de Pompon, Roudoudou et Pipounet, puis il retournerait à sa vie, me laissant sans nouvelles pendant six mois. Je parlerais alors pendant des heures de cette visite avec Mme Alvarez, la concierge, comme si cela avait été le plus bel événement de l'année. Ce qui, de toute évidence et à l'échelle de ma triste existence, serait vrai.

Je frissonnai de dégoût et secouai les épaules pour me débarrasser de cette vision d'horreur. Non, impossible : je me flinguerais avant d'en arriver là.

— Ali ! Regarde, le pigeon, il a que deux doigts à ses pattes, c'est trop marrant ! s'exclama Victor, accroupi devant un énorme pigeon noir à l'œil mauvais.

Je tirai à nouveau sur ma cigarette.

— Appelle-moi « maman ».

— Oui, Ali, me répondit-il en se lançant à la poursuite d'un nouveau pigeon avec Hug.

Je jetai un coup d'œil à mon portable qui reposait sur mes genoux. Toujours rien.

J'attendais désespérément un appel de l'agence. J'avais besoin de travail, et vite, ou bien l'argent allait manquer. Enfin, il manquait déjà, mais disons que les choses allaient vraiment devenir très compliquées.

— Vic, marche pas dans les flaques, enfin, tu vas salir tes chaussures ! le houspillai-je.

— D'accord, Ali, dit-il machinalement, en s'éloignant des flaques de boue.

Hug tenta de lui attraper les lacets de ses chaussures en jappant.

Je repris ma cigarette en faisant le bilan.

Pas de boulot depuis une semaine, quinze euros sur mon compte courant et ma voiture qui venait de me lâcher. Je n'avais pas encore payé la facture d'électricité du mois d'avril, le loyer serait à régler dans sept jours et Victor avait besoin d'une paire de chaussures neuves. Non, vraiment, il fallait que je songe à gagner au loto, là !

Un homme d'une quarantaine d'années vint s'installer à côté de moi. Je lui coulai un regard en biais. Sérieusement, il ne pouvait pas choisir un autre banc, ce con ?

Je laissai échapper un soupir d'agacement bien audible avant de reprendre ma cigarette. L'indélicat ne sembla pas comprendre que sa présence m'importunait et commença à déballer un sandwich dans lequel il mordit à pleines dents.

Le bruit du papier, puis celui du pain qui craque sous la dent, l'odeur de la charcuterie... Mon ventre émit un petit gargouillis. Je fermai les yeux pour tenter d'oublier.

J'avais pris un peu de hanches, et il fallait vraiment que je m'en débarrasse, mais entre Victor, ses gâteaux et ses bonbons, et cet abruti qui venait me narguer avec son sandwich appétissant... C'était du jambon sec espagnol, et de la grande qualité à en juger par le logo du restaurant que j'apercevais sur le papier. Le pain semblait cuit à point, doré, tiède et moelleux.

Je me tournai d'un quart pour fusiller l'homme du regard. Il m'ignora, trop occupé à se délecter de son sandwich. Je tirai sur ma cigarette avec force avant d'expirer toute la fumée dans sa direction. Pas de bol pour lui, le vent était de mon côté, et il se prit l'intégralité de mon nuage de nicotine en pleine figure.

Il fit un mouvement de la main pour se débarrasser de ma fumée et se tourna vers moi, le sourcil froncé.

— S'il vous plaît, vous pouvez arrêter de faire ça ?

— Hum ? Arrêter de faire quoi ? demandai-je innocemment.

— De me souffler votre fumée dans les bronches.

Je haussai les épaules.

— Je ne suis pas responsable de la direction du vent, hein. Et puis, j'étais là avant, il me semble. Libre à vous de choisir un autre banc, si vous n'êtes pas content.

Mon attitude sembla le scandaliser.

— Oh ! à d'autres, je vous en prie ! Vous le faites exprès et c'est moi qui dois me déplacer ?

— C'est *vous* qui êtes gêné et pas l'inverse... Abruti de non-fumeur, marmonnai-je de manière à ce qu'il m'entende.

— Figurez-vous que j'ai fumé pendant longtemps, s'emporta-t-il. Et sans le cancer de ma mère, peut-être que je fumerais toujours. Mais ce qui m'agace profondément, c'est de devoir me prendre votre fu...

— WAOUH, super, ta vie, mec ! ironisai-je.

Il écarquilla les yeux.

— Qu... ! Mais... Mais... vous êtes vraiment... une pimbêche !

J'éclatai de rire.

— Ooooh... Monsieur sort ses insultes façon XVIe... Trop mignon !

Je jetai ma cigarette au sol pour l'écraser du bout de mes escarpins bon marché achetés sur Internet, et qui ressemblaient vaguement, de loin et dans le noir, à un modèle de Louboutin que j'adorais.

— Trou du cul, va, ajoutai-je en me levant.

J'enfilai mes lunettes de soleil ornées de deux célèbres C croisés sertis de strass, une coquetterie « tombée du camion » que mon petit frère m'avait offerte pour mon anniversaire.

— Vous avez vraiment un problème, vous devriez consulter, me lança-t-il, visiblement dégoûté.

Je baissai les épaules ; il commençait à me gonfler, avec son sandwich. Je me tournai pour lui faire face.

— Ouais, mon problème, c'est toi, connard, lui assénai-je en le regardant par-dessus la monture de mes lunettes.

Il resta à m'observer, muet.

Je rangeai mon paquet de cigarettes dans la poche de mon imperméable rouge, satisfaite de sa mine déconfite.

— Vic, viens. On rentre.

Victor accourut, inquiet.

— Qu'est-ce qui se passe, Ali ?

Il jeta un coup d'œil derrière moi pour tenter de comprendre.

— Maman, le corrigeai-je en lui attrapant la main. On s'en va. Tu pourras remercier l'autre abruti, là, derrière, ajoutai-je en désignant le type.

— Espèce de connasse, baragouina ce dernier.

Je me crispai, la main de Vic au creux de la mienne. Oh ! j'aurais pu me retourner et l'accabler d'insultes, voire lui coller une bonne droite. J'aurais été seule, je ne m'en serais pas privée, d'ailleurs, et il aurait passé un sale moment. Mais il y avait Vic...

Je forçai un sourire pour ce dernier, qui m'observait, soucieux.

— Allez, on est partis ?

Il me sourit, rassuré.

— D'accord, on rentre !

Nous traversâmes le square d'un pas pressé. Victor sautillait à côté de moi, et Hug, dont les petites pattes ne lui permettaient pas d'aller très vite, tricotait pour éviter de se faire larguer.

— J'ai faim, m'annonça Victor, à peine les grilles du square franchies.

Je soupirai.

— On va rentrer à la maison et je te préparerai ce que tu veux, d'accord ?

Il ne répondit pas. Nous continuâmes à marcher vers le RER en silence.

— J'aimerais bien manger au McDonald's, me dit-il soudain.

Je plissai les yeux : frites, odeurs de poulet frit et de steak grillé... Pourquoi fallait-il que mon mercredi ressemble à une plongée en enfer ?

— OK, cédai-je. Tu veux quoi : nuggets ou cheeseburger ?

— Nuggets ! répondit-il, tout joyeux, tandis que nous traversions la rue pour atteindre le fast-food.

2

Il était 15 heures lorsque Victor et moi arrivâmes enfin à Argenteuil.

Nous avions l'habitude de passer une partie de nos mercredis à Paris. C'était l'un de nos petits rituels, comme la pizza du vendredi soir ou la visite à mes parents le dimanche.

— Ali, je peux jouer à la console ? me demanda Vic à peine la porte de l'appartement passée.

Je lui jetai un regard sévère.

— Tu as fait tes devoirs ?

— Tu me les as fait faire hier soir !

Je l'aidai à retirer son manteau. Je l'observais, là, devant moi, dans sa chemise Ralph Lauren miniature et son jean Calvin Klein kids. Cette frimousse sous ces cheveux en bataille, ces yeux noisette pétillants d'intelligence… je craquais totalement !

— Bon, vas-y, cédai-je, le sourire aux lèvres. Mais pas trop longtemps, hein ?

— OUAIS ! cria-t-il en se jetant sur l'étagère où je planquais toujours sa console.

Il tâtonna, le bras en l'air, et l'attrapa avant d'aller s'installer sur le canapé qui me servait également de lit. Nous habitions un modeste deux pièces et j'avais, en toute logique, laissé la chambre à Vic.

Je récupérai le sac plastique qui contenait la robe que j'avais achetée au marché le matin même et me dirigeai vers notre minuscule salle de bains afin de l'essayer. Il s'agissait d'une robe noire très près du corps, un 36, parce que je ne voulais porter que cette taille. Une fois changée, je retournai au salon pour m'admirer dans le miroir de l'entrée. Je tournai sur moi-même, m'observant sous toutes les coutures, les mains sur les hanches pour « cacher » la misère. Il allait vraiment falloir envisager un régime strict...

— Waouh, t'es super jolie comme ça ! me lança Victor.

Je ris en me tournant vers lui.

— T'es gentil, mon petit loup, mais je ne suis pas trop d'accord !

Je pris mon paquet de cigarettes dans mon imperméable avant d'aller me poster près de la fenêtre, que j'entrouvris. Je refusais de polluer les petits poumons de Vic.

— Moi, je te trouve super belle. Pourquoi tu t'aimes pas ? demanda-t-il avec un air naïf.

Je me concentrai sur mon briquet, ma cigarette entre les lèvres.

— Mon petit loup, tu comprendras tout ça quand tu seras plus grand !

— Tu dis tout le temps ça, mais je suis grand ! À l'école, je suis même le plus grand de ma classe, alors…

J'expirai la fumée.

— Alors, disons plutôt… quand tu seras au collège ?

— C'est dans super longtemps ! C'est dans… (il s'arrêta un instant pour compter, le nez en l'air) cinq ans ! dit-il enfin.

J'avançai jusqu'à lui et passai la main dans ses cheveux châtains.

— Tu verras, bonhomme, ça passe trop vite…

Mon téléphone se mit à sonner. Vic sauta du canapé pour se saisir de l'appareil et me le tendre.

— Merci, petit loup.

Je reconnus le numéro et mon cœur fit une embardée : c'était l'agence !

— Allô ? fis-je d'une voix maîtrisée.

Du travail, du travail, du travail… Pitié, donnez-moi du travail !

— Allô, Aliénor ? Je ne te dérange pas, j'espère ?

C'était Mike, le secrétaire.

— Non, jamais, voyons ! Que me vaut le plaisir de cet appel ?

— Eh bien... je ne sais pas si tu es au courant, mais ce week-end, c'est le Salon de la voile, porte de Versailles.

— Ah oui ? Je l'ignorais.

Du vendredi 3 au dimanche 12 avril, au parc des expositions de Paris-Versailles, hall 1, 2, 3 et 4, ouverture tous les jours de 10 heures à 19 heures, nocturne jusqu'à 22 heures le 3 avril... Les filles m'en avaient parlé, mais ma fierté m'interdisait de le laisser comprendre à Mike : il m'appelait en dernier recours.

— J'ai besoin d'une hôtesse supplémentaire pour l'un de nos clients. Amélie m'avait dit oui, mais elle ne pourra finalement pas le faire.

Je fis mine de vomir. Amélie, la dernière pouffiasse entrée à l'agence. Vingt ans, belle, jeune et ferme, elle naviguait entre le boulot d'hôtesse et le mannequinat. À tous les coups, elle avait annulé pour un shooting prestigieux dont elle ne manquerait pas de se vanter... Pétasse ! Enfin, en attendant, grâce à elle, j'avais du boulot.

— Oui, pourquoi pas, répondis-je pour ne pas paraître trop intéressée. C'est quoi, comme client ?

Je m'imaginais déjà parader en maillot de bain ou en costume de marin sexy.

— Alors… il s'agit d'un fabricant de gilets de sauvetage.

Je fis la grimace. Mouais, pas très classe, mais je n'allais pas faire la fine bouche : au point où j'en étais, j'aurais même accepté de défiler affublée d'un costume de homard géant.

— OK, je suis partante. Il y a un briefing ?

— Oui, demain après-midi. Je t'envoie les informations par mail et on en profitera pour signer ton contrat.

— Ça me va, Mike.

— Impec'. Alors à demain !

Il raccrocha. Je sautillai sur place, ravie : je n'aurais pas à me coltiner la pâtisserie ce mois-ci !

Je n'aimais pas l'école et, en conséquence, je ne m'y étais pas attardée. J'avais terminé avec une formation de base en cuisine. Pas par passion, non, mais parce que c'était ce qu'il y avait de plus facile pour moi. J'avais un véritable don pour la cuisine, j'aimais malheureusement les bonnes et belles saveurs, un truc pas trop compatible avec mon obsession pour la taille 36. Et puis, j'avais un autre problème : j'étais totalement allergique à toutes formes d'autorité ou aux règlements. Du coup, difficile pour moi d'envisager d'intégrer une brigade de cuisine. J'étais jolie, je plaisais, je le savais. Pas la peine de s'embarrasser de fausse modestie : dès l'âge de douze ans, j'avais compris que j'avais un truc en plus, un petit quelque chose qui m'offrait quelques facilités. J'avais de longs cheveux châtains, un petit nez légèrement retroussé, des yeux verts rieurs, des lèvres pulpeuses, juste ce qu'il fallait, une superbe poitrine mise en valeur par mon ventre plat et musclé, et un cul à faire pleurer les saints… Avec un sourire, je décrochais la lune !

Après mon CAP de cuisine, que j'avais terminé pour faire plaisir à mes parents, je m'étais donc lancée dans le mannequinat et la figuration. Je passais mon temps à courir les rues de Paris, à la recherche d'auditions, en espérant que ça marche, qu'on me repère enfin. Et puis, Victor était arrivé. Il m'avait fallu plus d'argent et des boulots plus réguliers pour m'assurer qu'il ne manque de rien, alors je m'étais mise à travailler comme hôtesse. Dans les salons, les expositions, les réceptions privées, les meetings d'entreprise ou les soirées de clubs parisiens qui devaient remplir leurs salles de gens beaux. Je vivotais, de petit boulot en petit boulot, évitant de penser au lendemain. Mais le lendemain était désormais là : j'avais trente-deux ans et, dans ce métier, j'étais au seuil de la retraite.

Quatre ans plus tôt, j'étais encore très demandée et souvent mise en avant. Mais petit à petit, on m'avait gentiment demandé de reculer pour laisser la première place aux plus jeunes, plus belles, plus fraîches. Impossible pour moi de rivaliser avec ces nénettes de vingt ans tout juste formées, qui n'avaient pas de petit monstre à gérer à la maison. Vic n'avait que six ans, et je voulais qu'il ait des souvenirs heureux de son enfance, avec ce qu'il fallait de gâteaux, de bonbons, de pizzas aux quatre fromages et de spaghettis à la bolognaise. Je ne pouvais pas toujours résister, et si, en plus de l'âge, je commençais à m'empâter, j'allais devoir songer sérieusement à une reconversion.

Depuis le début de l'année, j'avais trouvé une solution lorsqu'il fallait lui racheter des vêtements neufs ou lui offrir un beau cadeau : je faisais des démonstrations dans les supermarchés pour une grande marque de farine. Je proposais de goûter cakes et cookies préparés de mes blanches mains aux clients pressés des supermarchés, qui m'envoyaient balader neuf fois sur dix. Un travail pénible et désagréable pour des gens stupides et mal-aimables, mais qui nous permettait un peu de répit financièrement.

— C'était l'agence, expliquai-je à Vic, absorbé par sa partie de Mario Bros.

— Ah oui ? répondit-il sans même me regarder.

— Oui ! Je vais travailler ce week-end, l'informai-je, ravie.

Il ne réagit pas, concentré sur Mario. J'écrasai ma cigarette dans le cendrier.

— Allez, j'ai envie de cuisiner ! Qu'est-ce qui te ferait plaisir, pour le goûter ?

J'entendis la petite musique indiquant que Mario venait de mourir. Vic leva le nez de sa console, pensif.

— Hum... un marbré au chocolat ?

— Et un marbré au chocolat, un ! annonçai-je en m'éloignant vers la cuisine.

3

J'arrivai au centre de formation le jeudi à 14 heures. Je saluai quelques collègues et m'assis sur une des chaises laissées à notre disposition, entre Flora et Akofa. Je cherchai Angela du regard.

— Où est Anggie ? demandai-je à Flora dans un chuchotement.

— À l'hôpital, me répondit cette dernière, sans même daigner me regarder.

— Hein ? m'étranglai-je.

Flora soupira.

— Je t'expliquerai à la pause.

Une vieille bonne femme antipathique entra en trombe dans la pièce, un paquet de notices explicatives sous le bras, et nous ordonna de nous taire. Nous l'écoutâmes sagement nous rabâcher pendant une demi-heure l'objet de notre mission et les qualités du produit que nous devions mettre en avant. Je n'étais pas très attentive, faisant mentalement la liste de tout ce qui avait pu arriver à Angela.

Depuis plusieurs mois, elle parlait souvent de médecin, d'analyses et de rendez-vous à l'hôpital. J'avais tenté de deviner ce dont il pouvait s'agir au fil des quelques indices qu'elle avait laissés, mais j'avais surtout compris qu'elle ne souhaitait pas en parler. Elle pleurait parfois et s'absentait durant de longues périodes. Angela était la plus expérimentée et la plus âgée de l'agence. Je la considérais comme une grande sœur. Il s'agissait de l'une des rares filles que j'appréciais, et la savoir malade m'inquiétait sincèrement. La pause avait donc à peine commencé que je me jetai sur Flora.

— Alors, dis-moi, pourquoi Anggie est à l'hôpital ?

Flora prit son air de Mme Je-sais-tout qui me gonflait profondément.

— Ouais, mais je sais pas si je peux t'en parler. C'est vachement personnel et je...

— Arrête tes conneries ! l'interrompis-je, ma cigarette entre les doigts. T'es au courant parce que tu te fais sauter par Mike et que vous faites des cancans post-coït. Viens pas me la jouer confidences, tu veux ?

Elle lâcha un râle d'exaspération.

— Bon, OK. Mais tu gardes ça pour toi, hein ?

— Évidemment !

Elle prit le temps de tirer sur sa cigarette, ménageant encore un peu le suspense.

— Ça fait un moment qu'Angela et son mari essaient d'avoir un bébé. Et apparemment, c'est encore raté.

Je me décomposai.

— Mais... elle l'a perdu, ou bien c'est une dépression parce qu'ils n'y arrivent pas ?

Flora haussa les épaules.

— Je n'en sais pas plus !

Elle se débarrassa de sa cigarette avant de retourner dans la salle de formation. Je restai dans la petite cour, ma cigarette au bec, songeuse.

Je n'avais pas imaginé une seconde qu'Angela pouvait connaître ce genre de problèmes. Avoir un enfant, c'était si simple et, en même temps, si compliqué. Je repensai à mon Victor et à toutes les fois où j'avais maudit sa naissance. Je me sentis rougir de honte.

La formation prit fin vers 15 heures, ce qui me laissa le temps de passer à l'agence signer quelques papiers avant d'aller chercher Vic à l'école.

Je n'aimais pas aller le chercher à l'école. Enfin, si, j'aimais le voir sourire en m'apercevant, se jeter dans mes bras, me serrer contre lui, heureux de me retrouver après une longue journée de séparation. J'aimais l'entendre me dire que je lui avais manqué, puis qu'il me raconte tout ce qu'il avait appris en classe. Mais je détestais l'ambiance devant le portail :

tous ces parents qui se toisaient les uns les autres, persuadés que leur progéniture valait mieux que celle du voisin... Ce que ça pouvait rendre con, l'amour parental !

J'observai avec une pointe dégoût l'horrible nouveau-né qu'une mère exhibait fièrement devant ses copines. On aurait cru un crapaud ! Je détournai les yeux pour tomber sur une femme tentant d'arrêter deux gamins qui couraient partout en tirant la langue aux autres parents. « Kimberley ! Brian ! Revenez ! » Des Américains, de toute évidence... Un père expliquait à un autre à quel point son fils aîné était formidable en beuglant pour être certain que tout le monde l'entende.

Je levai les yeux au ciel. Quelle bande d'abrutis... Aucun de leurs marmots débiles ne rivalisait avec mon Victor, c'était pourtant évident !

La sonnerie marquant la fin de la classe retentit enfin, mais Victor ne faisait jamais partie des premiers élèves à sortir. Je fixai la porte des yeux, me faisant bousculer par une vieille peau venue chercher son petit-fils. Je me mordis la joue pour retenir les insultes. J'étais une mère, je n'étais qu'amour et tendresse, voyons !

J'aperçus enfin sa chevelure hirsute et son adorable sourire. Il me fit de grands gestes auxquels je répondis par un discret signe de la main. Il accéléra le pas et abandonna Ahmed pour me rejoindre.

— Maman ! s'exclama-t-il en me serrant contre lui.

Je ris en l'embrassant sur la tête ; il avait bien retenu la leçon !

— Salut, terreur ! Bien travaillé ?

— Oui, très bien même !

— Bon, voilà le deal, commençai-je en m'accroupissant pour être à sa hauteur. Demain soir, je dois travailler tard, donc tu vas aller dormir chez Giani et Valérie.

— Oh ! fit-il, visiblement déçu.

— Attends ! Du coup, je te propose que la pizza du vendredi devienne exceptionnellement… la pizza du jeudi !

Il retrouva le sourire.

— Génial !

Je me relevai et l'attrapai par la main.

— Allez, on va acheter ton goûter !

Nous rentrâmes main dans la main en passant par la boulangerie pour lui prendre un pain au chocolat. Je lui fis faire ses devoirs, un peu de lecture et quelques additions, avant de le laisser filer à sa console de jeu.

Vers 19 heures, je commandai notre pizza margherita chez Luciano, la pizzeria située juste en bas de l'immeuble, que j'allai ensuite chercher avec Hug, afin de ne pas avoir à payer de livraison.

Victor et moi nous installâmes à la petite table de la cuisine pour déguster notre belle italienne.

— Alors, comme ça, tu as eu la deuxième meilleure note de la classe à ton évaluation d'écriture ? demandai-je en refermant le carton dont je venais de tirer deux parts.

Vic acquiesça d'un signe de tête, tout en se saisissant de la part de pizza un peu trop grande pour lui que je venais de déposer dans son assiette.

— Ouais, et c'est Sara qui a eu la meilleure note.

Je ris en ouvrant ma canette de soda light.

— Bah, c'est pas grave : tant mieux pour elle !

— Mais c'est pas juste ! Sa mère, elle est prof, alors forcément, elle est trop forte !

— Oui, c'est sûr que ça aide quand on part avec ce genre d'avantage, mais je suis certaine qui si tu travailles bien, un jour, tu battras Sara.

Il rit malicieusement.

— Ouais, sauf que j'aime pas trop travailler...

— Ça, j'ai remarqué, dis-je en replaçant le col de son polo sous son pull-over. Alors, raconte un peu... Ahmed, il est toujours fou amoureux de Lilou ?

Oui, à défaut d'avoir une vie sentimentale, je me passionnais pour celle de gamins de six ans. Pathétique ? Peut-être, mais je faisais avec ce que j'avais !

— Non, ils se sont disputés, m'expliqua Vic. Je crois qu'Ahmed, il préfère Julie, maintenant.

— Julie ?

Il hocha la tête, les yeux rivés à sa part de pizza.

— C'est la nouvelle. Ahmed l'aime bien, mais je sais pas pourquoi, elle est pas gentille avec moi.

— Ah bon ? demandai-je, amusée.

— Oui, dès que je parle, elle me répond en étant méchante. Pourtant, j'ai rien fait ! Enfin, je crois que j'ai rien fait..., termina-t-il, pensif.

Je ris derrière ma canette de soda.

— Peut-être que c'est justement parce qu'elle t'aime beaucoup qu'elle n'est pas gentille.

Il écarquilla les yeux, un morceau de pizza en bouche.

— Ta, ta, ta, l'arrêtai-je. Avale ta bouchée avant de parler.

Il mâcha et avala rapidement.

— C'est pas normal ! Quand on aime bien quelqu'un, on est gentil avec lui ! protesta-t-il.

Je serrai les mâchoires.

— Ah, tu sais, ces trucs-là, c'est un peu compliqué !

Il souffla en reposant sa part de pizza dans son assiette.

— Du coup, j'ai peur qu'elle se moque de moi.

Je le contemplai, inquiète. Victor était un petit

garçon sérieux mais positif. Il était rare de le voir aussi soucieux.

— Pourquoi ? Qu'est-ce qui ferait qu'elle se moquerait de toi ? Tes vêtements ? Tes chaussures ?

— Non, en fait, c'est bientôt la piscine. Le vendredi, on a gymnastique, mais le mois prochain, ce sera piscine, et ça me fait peur.

— Tu n'as aucune raison d'avoir peur, Vic, enfin ! C'est génial, la piscine avec les copains !

— Oui, mais... je sais pas nager.

Je m'arrêtai un instant, les yeux rivés à ma pizza. Merde, j'étais passé à côté d'un truc, là. Quelle abrutie...

— Tu sais quoi, mon Vic ? Ce week-end, je ne peux pas, je travaille, mais celui d'après, je t'emmène à la piscine : on va t'apprendre à nager !

Il sourit en coin en reprenant sa part.

— Merci, Ali.

— Je t'en prie, mon bonhomme, je suis là pour ça.

4

Le vendredi matin, je déposai Vic à l'école avec son sac contenant ses affaires pour le week-end. Je l'embrassai plusieurs fois pour faire le plein, avant cette longue séparation. Il râla en se frottant la joue, me reprochant de lui laisser du rouge à lèvres partout.

J'avais rendez-vous en début d'après-midi porte de Versailles pour repérer les lieux… et me faire laver une dernière fois le cerveau à grands coups de « Les gilets de sauvetage Seacuritex, les meilleurs gilets de la planète ! ». Le Salon faisait une nocturne pour son ouverture. Je savais donc que je ne rentrerais pas chez moi avant minuit, voire 1 heure du matin.

Nous étions quatre à travailler pour le même client : Flora, une superbe blonde d'un mètre quatre-vingts aux yeux bleus translucides, Anggie, une Eurasienne magnifique, capable de séduire en un regard, Akofa, une sculpturale Ghanéenne au sourire lumineux, et moi, l'Italienne, sensuelle, et au tempérament de feu.

— Salut, ma poule, me lança Akofa en me voyant arriver dans le vestiaire mis à notre disposition.

— Salut, répondis-je en tendant le cou pour lui faire la bise.

Elle se prêta au jeu.

— Wahou, magnifique ! dit-elle en me parcourant de la tête aux pieds.

Je ris en récupérant un bâton de rouge à lèvres dans mon sac à main.

— Eh ouais ! Ça demande un peu d'investissement, mais ça fait son petit effet !

— Qui sait ? Peut-être que tu vas tomber sur un beau milliardaire venu remplacer son yacht et qu'il sera séduit par ta croupe d'enfer ?

Je fis la moue, tout en m'observant dans le reflet du bouchon de mon rouge à lèvres.

— Oh ! crois-moi, ce n'est absolument pas ce que je cherche. Je suis pas Flora, moi…

Akofa éclata de rire.

— À peine arrivée, elle était déjà en train de discuter avec le fils de cet acteur, là… Rhaa, tu sais, celui qui a eu un césar il y a deux ans ?

Claquant des doigts, elle chercha désespérément son nom. Je haussai les épaules en balançant mon rouge à lèvres dans mon sac.

— C'est Flora, dis-je dans un soupir. Tant qu'il a un compte banque bien fourni ou un peu d'influence, elle écartera les cuisses.

— Ouuuuh… T'as pas honte ? Espèce de vipère ! fit-elle, prétendant s'offusquer.

La réputation de Flora auprès des autres filles de l'agence n'était plus à faire, et je savais qu'Akofa partageait mon opinion.

— Quoi ? demandai-je d'un air faussement innocent. Tu la connais, tu sais que j'exagère à peine !

Je refermai la porte du casier où j'avais déposé mon sac à main et mon manteau. Akofa fit la moue, pensive.

— Mouais… On est toutes un peu comme ça, non ? On cherche toutes quelqu'un qui nous fera rêver.

Je remontai mes seins dans mon soutien-gorge dans un geste dénué d'élégance.

— Non, moi, je ne cherche personne.

— Arrête, ça doit bien te titiller dans le bas du ventre de temps en temps…

Sa façon de dire les choses me fit rire.

— Je ne nie pas que, parfois, j'aie besoin de m'amuser un peu, mais je ne cherche pas de relation suivie.

— Ah non ? Pourtant, vu comment t'es foutue, il y en a un paquet qui doivent avoir envie de t'épouser !

Je souris en coin.

— Hum... non. Crois-moi, j'ai une méthode infaillible pour être certaine qu'ils ne s'attachent pas.

— Ah oui ? demanda-t-elle, intriguée.

— Oooh, oui, me contentai-je de répondre, avant de quitter le vestiaire en roulant des hanches.

Je passai la soirée à sourire poliment, à tendre des plateaux chargés de verres de mousseux, tout en faisant semblant de rire en entendant une blague de mauvais goût sur les femmes ou les étrangers. À ce moment-là, je n'étais pas moi. Je n'étais pas vraiment Aliénor Giardini, la gamine d'Argenteuil avec un enfant à charge et sa bagnole en train de croupir au fond d'un box pourri, parce que la somme qui se trouvait sur son compte en banque ne comportait même pas trois chiffres. Là, j'étais l'éblouissante et épatante Ali, une femme, une caricature, charmante et séductrice, celle qui faisait vibrer le cœur des hommes et mettait à mal ceux de leurs épouses.

Angela était absente, ce soir. Entre deux plateaux de petits fours, Flora m'expliqua qu'elle faisait une dépression et que son arrêt maladie avait été prolongé d'une semaine. Je me jurai de lui envoyer un petit message réconfortant dès que possible.

Passé le rush du début de soirée, le Salon se révéla... très ennuyeux. J'attendais sur le côté, une main sur la hanche, l'autre soutenant mon plateau argenté, tout en observant Flora qui flirtait avec un vieux bonhomme : costume Celio élimé aux coudes, ourlets de pantalon décousus, chemise H&M... Elle avait revu ses exigences à la baisse : ce mec n'avait pas un rond, c'était évident.

— Excusez-moi...

Je me tournai vers l'homme qui venait de m'interpeller, le sourire aux lèvres, belle, avenante, éblouissante.

— Oui, monsieur, en quoi puis-je vous aider ? demandai-je en battant trois fois des cils.

— Sauriez-vous si Angela est...

Il s'arrêta net pour me dévisager. Je ne le quittai pas des yeux, amusée. Le pauvre, il semblait tout perturbé ! Il n'était pas désagréable à regarder, d'ailleurs... Grand, cheveux d'un gris élégant, cravate desserrée sur un costume de qualité, barbe de quelques jours et regard d'acier, il était... appétissant.

Il me pointa du doigt.

— Vous ! Vous êtes la conna... Heu, la femme à la cigarette de mercredi !

Ma mâchoire tomba.

— Le trou du... heu, le mec au sandwich ! dis-je en le pointant à mon tour.

Nous nous toisâmes un instant sans un mot, nos index nous désignant l'un l'autre.

Il était très différent du jour où je l'avais croisé sur mon banc. Je lui avais donné la quarantaine, mais il devait avoir en réalité la petite trentaine, peut-être moins. Difficile de juger, avec sa barbe de plusieurs jours. Il avait belle allure quand il ne se tenait pas voûté derrière un sandwich au jambon gras.

Ses lèvres se déformèrent en un rictus inquiétant... et je réalisai que je n'étais pas en position de force ; il avait sa vengeance à portée de main. Je secouai la tête.

— Oh ! non...

— Ah si...

— Mais... Non ! l'implorai-je.

— Mais si..., insista-t-il avec un air faussement désolé.

Il parcourut le stand des yeux en se frottant le menton. Son regard s'arrêta sur les gilets de sauvetage entreposés sur la table à côté de nous.

— Ça a l'air très intéressant, tout ça... les matériaux, la couleur... Ce serait possible d'avoir une petite démonstration ?

Mes épaules retombèrent et je l'assassinai du regard.

— Vous déconnez, là ?

— Moi ? s'offusqua-t-il, une main sur la poitrine. Non, enfin ! Jamais je n'oserais m'amuser aux dépens d'une personne qui tenterait juste de faire convenablement son travail ! Je veux dire, ce serait bien trop cruel... À moins que... attendez, je suis quoi, déjà ? Ah oui ! Un « trou du cul », c'est bien ça ?

Il se saisit d'une des coupes de mousseux sur mon plateau.

— J'ai très envie d'en savoir plus sur ces gilets de sauvetage.

Sur ces quelques mots, il leva son verre vers moi, puis en prit une bonne gorgée.

Je soufflai bruyamment, tout en allant me débarrasser de mon plateau. Il me suivait des yeux, derrière son verre, avec un sourire goguenard. J'avais bien envie de le lui carrer dans un endroit très obscur de sa personne, là, tout de suite. Je me saisis d'un des gilets que j'enfilai sur ma magnifique robe noire. J'attrapai la boucle de la ceinture et tirai dessus d'un coup sec pour la resserrer autour de moi. Le gilet marqua ma taille, révélant ainsi aux yeux des visiteurs mon complexe : mes hanches.

Je relevai dignement le nez, les deux mains sur les hanches, dans l'espoir de cacher la misère.

— Voilà. Satisfait ? demandai-je, amère.

Il grimaça.

Les ordres étaient clairs : un gilet par fille. À partir du moment où j'aurais activé le mien, je serai contrainte de le porter durant tout le Salon. J'espérais donc que ce moment viendrait le plus tard possible, car on était loin de mes préférences en matière de mode...

— J'aimerais beaucoup le voir... en action, déclara-t-il d'un air de lutin.

Enfoiré jusqu'au bout !

Tout en le taillant en pièces du regard, j'actionnai la valve qui permettrait au gilet de se gonfler. En trois secondes et neuf dixièmes exactement, je me retrouvai affublée de deux énormes boudins d'un orange des plus criards et des moins élégants. Mais monsieur ne s'arrêta pas là ! Non content de ruiner mon look, il poursuivit l'humiliation en me demandant de faire tout un tas de mouvements plus débiles les uns que les autres afin, soi-disant, de lui démontrer la souplesse des matériaux. Les visiteurs qui passaient devant notre stand riaient. Certains s'arrêtèrent même pour m'admirer en train de me contorsionner devant mon tortionnaire hilare.

— C'est bon, ça va ? Vous avez eu ce que vous vouliez ? aboyai-je en me relevant.

Je récupérai mes escarpins que j'avais été contrainte de retirer pour exécuter certains « exercices » dignes d'une gymnaste. L'autre abruti riait tellement qu'il en avait les larmes aux yeux.

— Oh ! oui, c'est bon, je... je crois que... j'ai suffisamment abusé de votre patience !

Je m'empressai de défaire la boucle de la ceinture de mon gilet. Je n'avais qu'une hâte : me débarrasser de cette horreur.

— Tu peux prendre ta pause, ma belle, me lança Akofa en passant près de moi.

Je soufflai, soulagée. J'avançai jusqu'au type et lui jetai le gilet entre les mains.

— Bonne soirée, dis-je en hachant chaque mot.

J'avais failli ajouter « ducon », et sut m'arrêter à temps. Ce genre d'insulte sur mon lieu de travail aurait pu m'attirer des ennuis, et j'en cumulais déjà suffisamment comme ça.

Je m'éloignai rapidement vers les vestiaires pour y récupérer mon sac. J'avais besoin de m'en griller une.

5

Je sortis du hall dans mon long manteau noir, mon sac à la main. Je m'installai sur les marches et allumai enfin la cigarette que j'avais tant désirée. Je fermai les yeux en sentant sa chaleur se répandre en moi. Bon sang, que c'était bon !

Je regardai le ciel étoilé, me demandant ce que j'avais bien pu faire pour être aussi malchanceuse. La probabilité de croiser ce sale type ici ne devait pas être bien grande, et pourtant…

Je récupérai mon téléphone portable et constatai que j'avais reçu des messages de ma mère.

> On a fait une tarte avec Vic, je t'envoie les photos du petit cuistot !

Comme d'habitude, elle s'était trompée en voulant joindre les photos, mais dans le message suivant, je pus apercevoir mon petit bonhomme, un rouleau à pâtisserie dans les mains et de la farine jusque sur le bout du nez. J'observai le cliché, ma cigarette entre les doigts et le sourire aux lèvres.

— Il fait frais, ce soir, vous devriez vous mettre à l'abri.

Je levai les yeux au ciel en reconnaissant la voix.

— Lâchez-moi !

J'entendis le bruit de ses pas se rapprocher, puis il s'arrêta près de moi, l'air légèrement suffisant.

— Je suis en pause, là, vous n'avez pas le droit de venir me faire chier, lui fis-je remarquer.

Il pencha la tête sur le côté, apparemment surpris par ma vulgarité, puis il descendit les deux marches qui nous séparaient pour s'asseoir à côté de moi. Il resta là un moment, silencieux. Je glissai mon téléphone dans mon sac à main et pris le temps de savourer ma cigarette.

— Excusez-moi pour tout à l'heure, commença-t-il solennellement. Je n'aurais jamais dû profiter de la situation, c'était malhonnête. Pardon.

Je lui jetai un regard en biais. Il avait l'air sincère, mais je connaissais trop bien ce genre de mec bon chic bon genre, un peu salaud, et leurs excuses, rarement désintéressées. Je tirai donc à fond sur ma cigarette, puis me tournai face à lui afin de lui balancer toute ma fumée au visage. Il plissa les yeux en s'éventant.

— Vous êtes tout excusé, dis-je, narquoise.

Il sourit.

— J'aimerais reprendre depuis le début. Gustave De Lantais, fit-il en me tendant la main.

Je ne pus m'empêcher de pouffer.

— Ah ouais, vos parents n'ont eu aucune pitié, hein ! Ali Giardini.

Je lui serrai énergiquement la main.

— Ali ? C'est joli. C'est d'origine italienne, j'imagine ?

— Oui, me contentai-je de répondre.

Je regardai ailleurs. Ouais, non, je n'aimais pas mentir.

— Enfin, non, ajoutai-je donc. C'est Ali pour Aliénor.

— Aliénor ? Comme... la duchesse d'Aquitaine ?

Je fis la grimace. Pourquoi fallait-il qu'il ait de la culture ?

— Ma mère adore les têtes couronnées, expliquai-je, désolée. Enfin, pas de quoi frimer, hein, Gustave.

Il rit doucement.

— Appelle-moi Gus, je t'appellerai Ali.

Le tutoiement, hein ? Un peu rapide, monsieur De Lantais...

— Ça me va !

Je repris tranquillement ma cigarette. Gus ne semblait plus trop savoir quoi dire.

— Alors, comme ça, quand tu n'agresses pas les gens dans les parcs publics, tu travailles comme hôtesse dans les soirées ?

Je fis tomber la cendre de ma cigarette à nos pieds. Qu'est-ce que ça pouvait bien lui foutre, franchement ?

— Ouais, soufflai-je. Les salons, les boîtes branchées, les réceptions... On m'invite, et je fais tapisserie.

— Je vois ça.

— Parfois, repris-je, un peu amère, je tombe sur un connard qui me fait faire n'importe quoi, juste pour le plaisir de m'emmerder...

Il rit de nouveau, un peu gêné.

— Pardon, désolé.

— Bah, ce n'est rien. J'ai l'habitude, dis-je dans un soupir.

Je regardai les étoiles.

— La vie est dure, conclut-il, un peu mélancolique.

— Oh oui ! approuvai-je en repensant à ma voiture et à mon loyer.

Nous restâmes là tous les deux, silencieux. Deux âmes paumées qui, pour un instant, avaient tout mis de côté.

— Vous aussi, ça n'allait pas fort, ce soir ? C'est pour cette raison que vous m'avez demandé de faire tout ça ?

Il afficha un sourire discret.

— Perspicace.

J'observai la fumée s'échapper de ma cigarette en une élégante volute blanche.

— Si... si ça peut te rassurer, ajouta-t-il, je crois que je n'avais pas autant ri depuis des années.

Je levai un sourcil.

— Bah... c'est déjà ça.

— Tu m'en veux ?

Je secouai la tête en me débarrassant de mon mégot d'une pichenette.

— Non, dis-je en croisant les bras sur la poitrine, dans l'espoir de me réchauffer. J'ai beaucoup de défauts, mais la rancune n'en fait pas partie.

— Ah oui ? Alors, raconte un peu, quels sont tes défauts ?

— Ouh là... je suis paresseuse, capricieuse, dépensière, allergique à l'autorité. Et puis, je m'énerve facilement.

— Nooon ? Vraiment ? fit-il, légèrement sarcastique.

— Une catastrophe. Je monte tout de suite dans les tours, une véritable ado ! J'insulte d'abord, je réfléchis ensuite. Et neuf fois sur dix, je m'aperçois que j'avais tort.

Il hocha la tête en pinçant les lèvres pour éviter de sourire franchement.

— Ah, et je suis fière aussi ! Du coup, pour les excuses, vous pouvez aller vous faire foutre.

— Oh ! rassure-toi, après ce que je t'ai fait subir, je n'en attendais pas !

Nous rîmes.

— Bon, soufflai-je. Veuillez m'excuser, mais je vais prendre congé. Je dois encore faire la conversation à des gens pétés de thunes pendant au moins... (Je jetai un coup d'œil à ma montre.) Oh ! Une heure et quart... ça va passer vite, finalement.

Gus me regarda me lever.

— Merci de m'avoir présenté vos excuses. J'apprécie cette élégance dont je suis dépourvue. Qui sait, peut-être à un de ces jours ?

— Peut-être à un de ces jours, oui, répondit-il tristement.

— Bye !

Je gravis les escaliers en direction du grand hall.

— Ali, attends !

Je me retournai.

— Oui ?

Il se leva et s'approcha de quelques pas, observant les alentours. Il semblait gêné, tout à coup.

— Tu... Tu crois qu'on pourrait se revoir ? Juste... pour parler un peu, comme ce soir.

Je restai sans voix. Voilà un truc auquel je ne m'attendais pas !

— Heu... eh bien, je... je...

— En tout bien tout honneur, précisa-t-il rapidement.

Trop rapidement pour être honnête... Mon regard glissa sur lui pour évaluer la marchandise.

Je n'avais personne depuis un long moment. Je m'arrangeais pour que les hommes ne soient que de passage dans ma vie, refusant d'imposer qui que ce soit à Victor. Le seul avec qui j'avais eu une relation un peu plus poussée qu'avec les autres était Julian, un de mes anciens petits copains de lycée qui m'avait retrouvée deux ans plus tôt.

J'avais succombé parce qu'il me rappelait ma jeunesse, cette douce époque d'insouciance. Le problème, avec lui, c'était qu'il n'avait pas changé, même pas un tout petit peu, et que j'avais l'impression de sortir avec un gamin de seize ans. Sauf que moi, j'avais mûri, et les balades à scooter ou les après-midi à glander chez sa mère, sur le canapé, ne me correspondaient plus. J'avais donc rapidement mis un terme à cette relation, avant que Victor ne s'attache à lui.

Je fis le compte : six mois. Six longs mois d'abstinence. Je n'étais pas particulièrement portée sur le sexe, mais, comme tout le monde, j'avais des envies, et ma phase d'exploration en solitaire était passée depuis longtemps.

Alors, quand je regardais Gus, sa belle allure, son regard mystérieux et son sourire charmeur, je me disais qu'il pourrait bien satisfaire mes envies...

Je soufflai discrètement. J'avais des principes ; je devais m'y tenir.

— Je suis désolée, Gus, mais c'est très compliqué de sortir avec moi.

Il fronça les sourcils.

— Comment ça ?

— En fait, il y a deux conditions à remplir et, malheureusement, vous n'en remplissez qu'une.

— Quelles conditions ? demanda-t-il, méfiant.

J'adoptai un sourire mutin.

— La première, c'est de porter une cravate...

Je me saisis alors de sa jolie cravate grise assortie à ses yeux pour la resserrer.

Mon geste sembla l'amuser.

— Ça, c'est bon !

— Et la seconde, continuai-je en plantant mon regard dans le sien, c'est d'être marié.

Sa mâchoire s'en décrocha.

— Marié ? répéta-t-il, horrifié.

— Eh oui... je ne fréquente que des hommes engagés ailleurs.

Il s'esclaffa nerveusement, sous le choc de cette condition moralement douteuse.

— Il y a une raison à cela ?

Je fis glisser ma main sur son épaule, tout en me mordant la lèvre. Cravate Versace, chemise Burberry, manteau de confection anglaise... Miam.

— C'est plus simple, dis-je en ôtant la main. Moins d'attaches, et je suis certaine, comme ça, qu'ils ne cherchent rien de plus qu'une belle nuit torride.

— Je vois. À un moment, j'ai cru que tu avais un faible pour la bedaine et les poils disgracieux.

J'éclatai de rire.

— Non ! Enfin, voilà. Vous savez maintenant pourquoi vous n'avez aucune chance avec moi.

Je m'éloignai d'un pas tout en le dévorant des yeux. Il me plaisait bien, ce petit Gus, mais les règles étaient les règles : je ne pouvais pas y déroger. Je levai les yeux vers son visage et croisai son regard, mélange de satisfaction et de lubricité. Il sortit alors lentement sa main gauche de la poche de son manteau noir.

— Je crois que… c'est mon jour de chance.

Je fixai l'alliance à son annulaire. M. Gus était décidément bien surprenant…

— On peut se voir demain…

— Je termine à 22 h 30, ce soir, l'interrompis-je.

Maintenant que je savais ce qu'il en était, je n'avais plus envie de perdre de temps. D'ailleurs, s'il en était venu directement au fait, nous aurions pu faire notre petite affaire dans les toilettes du hall des expositions, pendant ma pause. Mais non, il avait fallu toutes ces simagrées… Tsss.

— Wow, ce… ce soir ? Je… OK, OK, bégaya-t-il.

Je me glissai au creux de son cou, jusqu'à son oreille.

— Il y a un hôtel juste là derrière, chuchotai-je de ma voix la plus sensuelle.

Je m'éloignai pour lui adresser un clin d'œil. Il resta sur place, pétrifié par mon audace. Je m'éloignai à reculons, lui envoyant de la main un baiser imaginaire. Il ne réagit pas, ne cligna même pas des yeux ; je l'avais fait bugger ! Je lui tournai enfin le dos pour regagner le hall, remuant exagérément les fesses afin de titiller sa curiosité. Il me tardait de le retrouver…

6

Je passai ma dernière heure de travail sur un petit nuage, ravie à l'idée de me « détendre » avec ce bel inconnu. C'était un peu fou et, également, un peu bête, j'en convenais, mais c'était exactement ce dont j'avais besoin pour oublier ma toute petite vie.

Il était 22 h 50 quand j'arrivai à l'entrée du parc d'exposition sous une pluie diluvienne.

— Et merde, pestai-je en rabattant comme je le pouvais mon col.

Mon manteau mettait peut-être ma silhouette en valeur, mais il était dépourvu de capuche et, comme d'habitude, je n'avais pas pensé à prendre de parapluie. Je scrutais la rue, inquiète. Au lieu de faire ma petite mise en scène en mode séductrice, j'aurais peut-être dû prendre deux minutes pour discuter, convenir d'un endroit précis où nous retrouver en prenant soin d'échanger nos numéros de téléphone. C'eût été moins excitant, mais judicieux... Là, s'il avait changé d'avis ou s'il était perdu, je me retrouverais comme une cruche à prendre le train de banlieue à minuit, dans une robe au charme outrancier.

Je restai un long moment à attendre sous la pluie, observant le défilé de véhicules des derniers visiteurs. Lorsque je jetai un nouveau coup d'œil à ma montre, elle indiquait 23 heures. Je soupirai. Peu de chances que mon rencard arrive, désormais. Je devais me rendre à l'évidence : je m'étais pris un bon gros râteau.

Je m'éloignai lentement vers l'arrêt de bus le plus proche, la tête et les épaules basses, quand une grosse voiture allemande s'arrêta à mon niveau. Je fus soulagée en l'apercevant par la fenêtre ouverte.

— Bonsoir, me salua-t-il, crispé. Je suis navré de t'avoir fait attendre.

Je souris.

— Ça n'a absolument aucune importance !

Je fis le tour de la voiture pour m'installer à côté de lui. Je refermai la portière avant de secouer négligemment mes cheveux humides. Intérêt du geste ? Aucun ! Il s'agissait juste de minauder un peu devant mon compagnon de la nuit, de le séduire. Malheureusement, lorsque je relevai le nez, je ne le trouvai pas en train de me contempler avec un air béat, non. Il se tenait raide, le regard rivé sur ses mains posées à dix heures dix sur son volant. Il semblait même avoir du mal à respirer.

— Quelque chose ne va pas ? demandai-je.

Je me voyais déjà en train de devoir lui faire un massage cardiaque : les boutons de sa chemise qui volent, mes mains qui parcourent son torse ferme et musclé et… et… je secouai la tête ; rêve pas, Ali. Il ne répondit pas, perdu dans ses pensées. Je n'étais même pas certaine qu'il m'avait entendue…

Je soupirai en m'abandonnant contre le siège passager.

— T'en as plus envie, hein ?

Je n'avais pas besoin de sa réponse, je la connaissais déjà. Il se contenta de baisser la tête, honteux.

— Pardon.

Je ris en tapotant sa main toujours fermement accrochée au volant.

— C'est pas grave. T'es un type bien, c'est rare, le rassurai-je.

Il ne réagit pas.

Je n'avais pas pour habitude de pousser à l'adultère, étant moi-même plutôt possessive avec les hommes. Je me contentais de répondre aux sollicitations de ces messieurs délaissées par leurs épouses, elles-mêmes n'étant sans doute pas des modèles de fidélité… Du moins, c'était ce que j'aimais à me raconter.

— Je peux te demander un service ? demandai-je en évitant de le regarder dans les yeux.

— Quoi donc ? répondit-il, méfiant.

Je me concentrai sur mes genoux.

— Tu pourrais me ramener chez moi ? À cette heure-ci et dans cette tenue, j'aimerais éviter les transports en commun.

Il sourit, apparemment soulagé d'apprendre que je ne cherchais qu'à lui soutirer un voyage en voiture jusqu'à ma banlieue.

— Bien sûr, dit-il en passant la première.

Je lui expliquai vaguement où j'habitais, évitant de mentionner mon adresse exacte. Je n'avais pas envie qu'il sache où je vivais, alors je lui indiquai le parking d'un supermarché situé à cinq minutes de chez moi.

Le trajet se fit en silence sur un joli fond de musique classique, du Beethoven si je me fiais à mes maigres connaissances en la matière. Ma mère aimait dire que sa *Sonate au clair de lune* était sa musique préférée, alors que nous savions tous qu'en réalité sa chanson préférée était *Bambino*, de Dalida...

— C'est bon, tu peux me déposer ici, dis-je en défaisant ma ceinture de sécurité.

Il entra sur le parking désert, puis coupa le moteur.

— Bon, eh bien, merci pour la balade, dis-je en me tournant vers lui.

Il soupira.

— Merci de t'être montrée si compréhensive.

Je l'observai, gêné qu'il était de m'avoir dit non, et je le trouvais... terriblement attendrissant. Il avait ce petit air perdu qu'avait également Vic quand il se trouvait devant une situation difficile et qu'il ne savait plus comment faire.

Je levai prudemment la main pour la glisser dans ses cheveux, puis sur sa nuque. Il ne réagit pas, tel un animal blessé qui cherche de l'aide. Je l'invitai à se rapprocher et fermai les yeux en plaquant mes lèvres sur les siennes. Je ne cherchais pas à l'allumer ou quoi que ce soit dans ce style. Je voulais juste le réconforter, qu'il se sente mieux.

Il lui fallut quelques secondes pour réagir. Quelques secondes qui me parurent une éternité, avant que ses lèvres ne répondent aux miennes. Je le sentis céder, et les battements de mon cœur s'accélérèrent. Il était doux, prudent. C'était rare quand un homme se montrait aussi délicat avec moi. Je trouvais sa façon de m'embrasser belle, voire... excitante ? J'accentuai la pression de ma bouche sur la sienne tandis qu'il entrouvrait les lèvres pour rendre notre baiser un peu moins sage. Il avait un petit goût d'alcool pas désagréable.

Je rouvris les yeux en m'éloignant.

— Hum... Vodka ? fis-je, le sourire aux lèvres.

Il plongea son regard bleu-gris dans le mien.

— J'en avais besoin.

Mes yeux ne quittaient plus les siens. J'étais subjuguée par leur intensité et la douleur qu'ils exprimaient. Comment pouvais-je l'aider ?

— Tu veux en parler ? demandai-je tout bas.

Il secoua la tête.

— Non, surtout pas.

Il préférait encaisser seul. Je m'étais rarement sentie aussi proche de quelqu'un. Je l'embrassai à nouveau, et il répondit sans hésiter. Oubliées la retenue et la prudence du début, nous laissions l'attirance s'exprimer. Comprenant qu'il ne prendrait pas l'initiative, je lui attrapai la main et la posai sur ma cuisse. Nos souffles s'emballèrent, et nos baisers passionnés se muèrent en appel : nous en voulions beaucoup plus. Je parcourus son cou de mes lèvres. Sa main ne bougeait pas sur ma cuisse, et son souffle saccadé résonnait bruyamment dans l'habitacle. Je devinais sans mal qu'il était dépassé par des sensations qu'il n'avait pas éprouvées depuis un long moment, et que c'était à moi de jouer.

— Il y a un hôtel pas loin, lui glissai-je à l'oreille.

— Oui, c'est… d'accord, répondit-il, transi.

Je l'embrassai une dernière fois avant de me rasseoir correctement. Il remit le contact pour quitter le parking du supermarché. Je ne pouvais m'empêcher de sourire en pensant à la suite.

7

Il arrêta la voiture devant l'hôtel bas de gamme situé juste à l'entrée de la ville. J'ouvris la portière et descendis sans attendre qu'il m'y invite. Il me tardait de réduire la distance entre nous, mais il ne partageait manifestement pas mon impatience : il prit le temps de remettre sa ceinture de sécurité en place, puis récupéra son portable dans son manteau, sur la banquette arrière, avant de descendre de la voiture. Il fit claquer la portière et appuya sur la clé pour actionner la fermeture automatique. Tout ça lentement, en prenant son temps. Le pauvre semblait stresser. J'allai à sa rencontre et l'attrapai par la main, en lui adressant un sourire rassurant. Je ne voulais pas qu'il s'angoisse, bien au contraire, je ne voulais que son bonheur !

Nous nous dirigeâmes jusqu'à l'entrée de l'établissement main dans la main. Il paya la chambre en évitant tout contact visuel avec moi. Sans doute était-il embarrassé par le sourire goguenard du réceptionniste. Nous patientâmes devant l'ascenseur qui nous permettrait d'atteindre le troisième étage.

Je le sentais m'échapper peu à peu. À mesure que nous avancions vers l'inéluctable, il recommençait à hésiter.

Les portes de l'ascenseur s'ouvrirent. Il eut un élégant geste de la main pour m'inviter à entrer la première. Oh ! oh, oh, pas question ! J'avais parfaitement conscience que, au moindre signe de faiblesse de ma part, il m'échapperait. Je l'invitai donc à passer d'abord. Il m'obéit docilement, puis appuya sur le bouton.

Les portes n'étaient pas encore fermées que je m'approchais de lui, telle une lionne acculant sa proie. « Acculer » était bien le mot : il se colla à la paroi du fond de la cabine, sur ses gardes. Je levai la main et lui caressai la joue. Il déglutit péniblement, troublé. Je compris alors que mon petit agneau n'aimait pas la violence et semblait céder à la douceur. Je lui tendis donc les lèvres et l'invitai à partager le plus doux des baisers. Je n'étais pas une spécialiste de la tendresse, mais j'avais envie d'essayer. Il ferma les yeux, sa main jouant timidement avec mes cheveux. Je me laissai aller à un discret râle de plaisir qui sembla à son goût ; j'avais un don pour les baisers gnangnan, et je ne le savais même pas !

Les portes de l'ascenseur s'ouvrirent à notre étage.

— On est arrivés, annonçai-je dans un souffle.

Il cligna trois fois des yeux. Apparemment, il avait du mal à se remettre du bisou marshmallow que nous venions de partager. Je souris en apercevant cette lueur au fond de ses yeux, celle qu'avaient tous les hommes lorsqu'ils me contemplaient, un mélange de convoitise et de désir ; il ne reculerait plus. Je l'attrapai par la main et l'entraînai hors de l'ascenseur.

Il s'arrêta devant la porte de la chambre, puis utilisa le code que lui avait confié le réceptionniste pour l'ouvrir. J'entrai dans la pièce devant lui et en fis le tour des yeux. Moquette bleu foncé, couvre-lit blanc jauni, éclairage de mauvaise qualité. Classique et un peu cheap, mais pour une nuit sans sommeil, ce serait largement suffisant !

Je me tournai vers lui. Il se tenait devant la porte qu'il avait refermée, les mains dans les poches de son pantalon de costume, et il me regardait. Enfin, non, il m'admirait, plutôt. Je retirai mon manteau, que j'abandonnai sur la chaise au coussin d'une couleur douteuse, puis j'avançai vers lui, joueuse. Il ne bougeait plus, ne souriait plus. Il ne clignait même plus des yeux !

Je l'attrapai par la nuque et l'embrassai de façon

à ce qu'il comprenne ce que j'attendais de lui. Il me suivit jusqu'au lit sans résister. Il s'y assit sans me quitter des yeux.

Je retirai une chaussure, puis l'autre, avant de faire glisser mes collants le long de mes jambes le plus sensuellement possible. J'aurais préféré me défaire élégamment de ma robe pour le laisser admirer ma silhouette en lingerie, bas et porte-jarretelles, mais quand je travaillais, j'évitais ce genre d'excentricité inconfortable. Le spectacle semblait tout de même à son goût : il se mordait la lèvre en me dévorant des yeux.

Je revins vers le lit et y montai à genoux, l'obligeant à s'allonger sous moi. Je collai mes lèvres aux siennes, un peu pressée. Ses mains se posèrent sur mes hanches, avant de descendre sur mes fesses. Je plissai discrètement les yeux ; j'aimais beaucoup trop quand il me touchait, je devais agir, et vite.

Je le quittai un instant pour récupérer mon sac à main, dont je tirai un préservatif. Je ne leur laissais JAMAIS prendre les précautions : je connaissais trop bien leurs fantasmes et leurs habitudes d'hommes mariés pour savoir que la capote, ce n'était pas une évidence pour eux.

J'en jouai en revenant vers lui. J'aperçus alors une lueur d'angoisse au fond de ses yeux. Il se reprit presque aussitôt, mais c'était trop tard. Je savais ce qui le troublait : il craignait de ne pas être à la hauteur. Il n'avait pas besoin d'être à la hauteur, je l'étais pour deux !

J'abandonnai le préservatif sur le lit et l'invitai à se redresser pour lui retirer sa veste. Je lançai cette dernière sans ménagement avant de m'attaquer à sa cravate. Précieuse cravate… Je déboutonnai sa chemise, prenant le temps d'embrasser chaque nouvelle partie de son corps qui s'offrait à moi. Pas de musculature excessive, ni d'outrageuse moquette ou de piercing vulgaire, mais des muscles bien dessinés et une peau douce et lisse… Décidément, nous étions faits pour nous entendre !

Je fis glisser sa chemise le long de ses épaules, où je découvris… un tatouage !

— Oooh, fis-je, amusée. Monsieur est un rebelle !

J'abandonnai la chemise sur le lit. Il sourit, gêné.

— Une erreur de jeunesse, se justifia-t-il avec un coup d'œil à son épaule, où se trouvait tatouée une sorte de tête de mort tribale.

— J'adore !

— Ah oui ?

— Oui, c'est… sexy, lui confiai-je avant de déposer un baiser sur le tatouage.

Il lâcha un petit soupir désespéré.

— Tu es vraiment… merveilleuse.

Son compliment me toucha.

Habituellement, on me sortait les classiques « T'es belle », « T'es jolie », « T'es sexy »... ou leurs versions beaucoup moins chics quand on avait quelques verres dans le nez et plus tellement de vêtements sur le dos. Mais on ne m'avait encore jamais dit que j'étais merveilleuse. Surtout qu'il ne s'agissait pas d'une manœuvre pour m'obliger à lui céder quoi que ce soit. Il pensait vraiment que je l'étais. S'il savait...

Je me penchai pour l'embrasser de tout mon cœur, le genre de baiser que je réservais à ceux qui en valaient la peine. Je voulais le remercier de me donner l'impression d'être exceptionnelle, alors que j'étais en train de faire le truc le plus minable au monde. Mon baiser le laissa haletant, le rose aux joues.

— Merci, chuchotai-je, en récupérant sa cravate.

D'une main plaquée sur sa poitrine, je l'invitai à s'allonger. Il se laissa tomber en arrière sans résister. Je lui attrapai les poignets et les emprisonnai au-dessus de sa tête avec sa cravate. Il me regarda faire, impressionné.

La plupart des mecs trouvaient ça excitant. Pour moi, il s'agissait surtout d'une façon d'instaurer des limites. Attachés ainsi, ils ne pouvaient pas me toucher, et j'évitais d'attraper des sentiments.

Il rit en m'observant tandis que je vérifiai son lien.

— Voilà, dis-je, satisfaite.

— Ma foi, c'est plutôt bien parti !

Je souris en défaisant sa ceinture, que je fis sensuellement glisser entre mes doigts. Ça pourrait servir un peu plus tard… Il me regardait faire, l'œil brillant. Je pris mon temps pour défaire la fermeture Eclair de ma robe, me tortillant discrètement de droite à gauche, à califourchon sur lui, histoire de stimuler la bête. Je lançai ma robe derrière moi sans regarder où elle atterrissait. Il ne souriait plus, me contemplant avec envie. Mon petit ensemble soutien-gorge et culotte noire était un peu simple pour l'occasion, mais je n'avais pas besoin de subterfuge : je sublimais la lingerie et non l'inverse.

Je retombai sur lui, les lèvres en avant.

— Ça fait un moment que j'ai pas baisé…

Il écarquilla les yeux.

— Super classe !

Je ris en commençant à lui retirer son pantalon.

— Oh ! allez, fais pas ton prude, là ! Toi aussi, ça fait longtemps que tu t'es pas envoyé en l'air. Ça se voit, et je suis certaine que ça t'excite, de m'entendre parler comme ça.

J'abandonnai son pantalon sur le lit et enchaînai avec ses chaussettes.

— Hum, ouais, non, je ne crois pas que cette façon de parler excite qui que ce soit.

Je levai un sourcil et le regardai, allongé devant

moi à moitié nu, à ma merci. Le boxer Dolce & Gabbana... joli. Très joli.

— Hum, permets-moi de te dire que...

Je passai une main dans mon dos pour défaire d'un geste les agrafes de mon soutien-gorge, avant de le lancer à travers la pièce, lui laissant ainsi tout le loisir d'admirer la plus belle partie de mon anatomie. Sa mâchoire en tomba.

Je vins me rasseoir sur lui et l'embrassai à pleine bouche. Je le sentis trembler sous mes lèvres.

— Tu n'es qu'un sale petit menteur, soufflai-je.

Je fis jouer mes doigts le long de son torse, puis de son ventre, avant de m'inviter chez Dolce & Gabbana. Oh ! yeah... Ce type était PAR-FAIT.

Nous reprîmes nos baisers enivrants, ma main ne quittant plus son boxer. Je tenais enfin ce que je voulais !

J'aimais beaucoup la sensation de ses lèvres sur les miennes. Il avait une façon toute personnelle de m'embrasser, à la fois timide et sensuelle. C'était très agréable. Je tremblai en sentant la caresse de ses doigts sur mes hanches. Ses doigts sur mes hanches ? Je rouvris les yeux, en proie à la panique. Il me touchait !

Il se redressa d'un coup, me retournant sur le lit. Comment avait-il fait pour dénouer sa cravate ? J'étais pourtant sûre de moi !

Je tentai de l'arrêter.

— Attends... Attends...

Je fermai les yeux dans un frisson. Chaque fois qu'il me touchait, mon cœur se soulevait, et je frissonnais.

— Moi aussi, on m'a appris à faire des nœuds..., dit-il, à bout de souffle.

Il m'embrassa dans le cou. Je me cambrai sous ses lèvres brûlantes, lui caressant frénétiquement le dos.

— Et surtout... à les défaire, ajouta-t-il.

Il se redressa pour me regarder dans les yeux. Son sourire franc, ses cheveux en bataille, son regard déterminé... Là, tout de suite, il pouvait me faire tout ce qu'il voulait. Mais absolument TOUT !

Il reprit ses baisers. Il descendit le long de mon cou et s'arrêta sur la partie de mon corps que je lui avais fièrement présentée une minute plus tôt.

— Oh ! oui... ! gémis-je.

C'était tellement bon ! Il se saisit délicatement de ma petite culotte pour m'en débarrasser.

— Tu veux me rattacher ? me demanda-t-il entre deux baisers.

Je secouai la tête. Tant pis, il m'en fallait encore, plus, beaucoup, tout de suite, tout le temps.

— Non, c'est juste que... t'étais pas censé me toucheeeer, piaillai-je en m'accrochant au drap.

Monsieur se faisait délicieusement entreprenant !

— Comment résister ? fit-il avant de reprendre ses

baisers... à un endroit de ma personne trop souvent négligé par mes précédents partenaires.

Je m'enfonçai la tête dans l'oreiller. Je n'avais pas « décollé » grâce à un homme depuis longtemps, et l'abstinence, mêlée à l'excitation de la première fois avec un bel inconnu, le tout combiné à une connaissance correcte de l'anatomie féminine... Le meilleur des carburants ! Je me mordis la lèvre pour m'empêcher de crier, mais mes gémissements ne lui laissaient aucun doute sur l'état dans lequel je me trouvais. Je venais de faire un petit aller-retour de la Terre à la Lune !

Il releva le nez de mon entrejambe.

— Tu es vraiment...

Je l'empêchai de finir en l'attrapant violemment par les épaules pour le ramener contre moi. Il avait réveillé mes appétits, je voulais le sentir partout.

— Baise-moi ! lui ordonnai-je, haletante.

Il plissa les yeux, dégoûté.

— Non, mais... sérieusement ?

J'éclatai de rire.

— Quoi ? Tu préfères que je te demande de me faire « l'amouuuur » ?

Il fit la grimace.

— Ah ! Tu vois que « baise-moi », ce n'est pas si mal !

— On peut trouver un entre-deux, non ? Du genre,

« fais-moi planer » ou « envoie-moi au septième ciel » ? Quelque chose d'un peu plus… imagé ou poétique ?

Je lui jetai un regard espiègle. Ouh là, il ne connaissait pas mon sens de la poésie !

— Plus imagé ? OK. Qu'est-ce que tu dirais de… « récure-moi la marmite » ?

— C'est encore pire !

Ses mimiques, à ce moment-là… Il était trop drôle !

— Attends, attends, j'ai mieux : « ramone-moi le conduit » !

Il secoua la tête, le sourire aux lèvres.

— Quoi ? T'aimes toujours pas ? dis-je avec un étonnement feint. T'es difficile, comme garçon. Qu'est-ce que tu dirais de « viens faire du pon…

Il ne me laissa pas terminer. Il se jeta sur mes lèvres, me réduisant au silence dans un long baiser éprouvant, qui me fit perdre tous mes moyens. Quand il s'éloigna, terminée l'envie de rire.

— Tu veux de l'aide pour le préservatif ? demandai-je, mon regard brillant plongé dans le sien.

Il secoua la tête.

— Non, merci, souffla-t-il, troublé, lui aussi.

Je le laissai donc s'habiller, puis il revint s'allonger avec moi. Nous n'eûmes pas trop de difficulté à nous trouver. Était-ce parce que je ne m'étais pas laissée aller depuis un long moment, ou bien était-il particulièrement doué ? Un combiné des deux, peut-être ? Je l'ignorais, mais en tout cas j'avais rarement pris autant de plaisir. Il me touchait comme je ne laissais plus personne le faire depuis deux ans.

Au début, j'évitais son contact pour compenser le fait qu'il se soit détaché et instaurer ainsi une nouvelle forme de distance, mais au bout de dix minutes (et quelles minutes !), j'abandonnai et me retrouvai à lui caresser frénétiquement les cheveux, la nuque, les épaules, le dos, les fesses... J'enfonçais les ongles dans sa peau, le pressais contre moi pour l'inviter à plus d'intensité et l'embrassais avec passion pour lui montrer à quel point il me faisait vibrer. Jamais un homme n'avait autant cherché à me satisfaire et c'était un pur bonheur. Je tentais d'être à la hauteur, de me montrer aussi généreuse que lui, mais difficile d'imaginer qu'il passait un aussi agréable moment que moi !

Je soufflai longuement, épuisée. Il déposait des tas de petits baisers le long de mon cou. Nous étions redescendus de notre nuage, et il allait falloir parler. Habituellement, je m'arrangeais pour éviter les discussions sur l'oreiller, mais là, étant donnée notre position, j'allais avoir du mal à filer sans son consentement.

— Ça va ? demanda-t-il, inquiet.

Il s'efforçait de reprendre son souffle. Le pauvre s'était donné à fond !

Je ris en passant la main dans ses cheveux soyeux. Il me semblait pourtant m'être suffisamment exprimée pour qu'il n'ait aucun doute sur la qualité de sa « performance », mais je comprenais qu'il était enfermé dans des habitudes et qu'aujourd'hui, face à l'inédit, il avait besoin d'être rassuré.

— C'était... absolument parfait ! dis-je avec un sourire béat.

— Vraiment ?

— Ooooh, oui. Vraiment.

Il retrouva le sourire, soulagé.

— Parce que ça faisait un moment que je n'avais pas...

Il s'arrêta, un peu gêné. Je l'invitais du regard à continuer.

— Euh... hum, je pense que tu n'en as strictement rien à faire ! termina-t-il, un peu nerveux.

Je lui caressais les épaules, rêveuse. J'aurais pu passer la nuit sous cet homme...

— Si ça peut te rassurer, ça ne se voit pas du tout !

Nous rîmes tous les deux, avant de nous taire progressivement. Il se pencha pour m'embrasser. Je fermai les yeux en tremblant.

Nous nous étions beaucoup embrassés, ce soir, mais ça n'avait rien à voir avec ce qui se passait là, tout de suite. Ce n'était pas le baiser de deux amants d'un soir, chargé de reconnaissance et de culpabilité, non. Il y avait des tas de choses que je ne comprenais pas dans ce baiser : de la tendresse, de l'admiration et autre chose. Quelque chose que j'avais peur de comprendre.

Quand ses lèvres s'étaient emparées des miennes, il m'avait pris autre chose. Quelque chose de précieux, que je ne récupérerais jamais.

Il s'éloigna doucement.

— Waouh…, lâcha-t-il dans un souffle.

Nous respirions tous les deux très vite, et mes mains ne pouvaient plus quitter ses épaules. Je ne savais même plus parler ! Je levai les yeux vers lui et fus prise d'un vertige.

— Un souci ? s'enquit-il.

Je secouai la tête, refusant de comprendre ce qui m'arrivait.

— Non, rien… c'est juste que… je… je…

Je me perdis dans ses yeux bleu-gris, cette couleur si particulière qui me transperçait. Mon cœur fit un truc horrible dans ma poitrine.

— Ta femme, lâchai-je d'une traite.

Il se figea, abasourdi par le mot que j'avais osé utiliser. Merde, je faisais quoi, là ?

— Elle… Elle a de la chance, balbutiai-je pour tenter de rattraper mes délires.

J'étais en train de déconner à bloc !

— Je ne suis pas certain de partager cet avis, dit-il froidement en s'éloignant.

Je me rassis, tirant le drap sur moi. Je tremblais, je respirais mal, j'avais très chaud et je n'arrivais plus à penser.

— Je... Je vais... aller... prendre une douche, dis-je en me levant, enveloppée dans mon drap.

Je ramassai mes affaires éparpillées dans la pièce, puis allai m'enfermer dans la salle de bains, dans un silence pesant. Il me regarda m'échapper sans paraître comprendre. Je soufflai longuement derrière la porte qui nous séparait.

Quel malaise ! Qu'est-ce qui m'avait pris de lui parler de sa femme ? Oh non, non, non ! Je me tapotais le visage en me regardant dans le miroir. Non. Non, non, et non ! Ce n'était pas le moment de m'amouracher d'un type comme lui. Je n'avais pas de place pour une emmerde de plus. Et quelle emmerde : un mec ! Pire, un mec MARIÉ.

Je me glissai sous la douche sans attendre, espérant que l'eau glacée me remettrait les idées en place. Bien sûr, c'était stupide. En sortant cinq minutes plus tard, je ressentais toujours cette espèce de petit haut-le-cœur en pensant à lui.

Une fois rhabillée, je restai un long moment à

me regarder dans le miroir en faisant des exercices de respiration pour tenter de retrouver mon calme.

— Pas de panique, tout va bien. Agis comme d'habitude, c'est juste un coup d'un soir. Juste un PUTAIN de coup d'un soir, essayai-je de me convaincre.

Je pris une profonde inspiration avant d'ouvrir la porte de la salle de bains d'un coup. Personne.

— Gus ?

La chambre était vide. Il avait filé encore plus vite que moi habituellement. Je m'approchai du lit où était posée sa carte de visite. Il s'était contenté d'y écrire « Merci » à la va-vite.

8

Je marchais rapidement pour me rendre chez mes parents, une cigarette aux lèvres. La veille au soir, j'étais rentrée chez moi dès que je m'étais aperçue que Gustave m'avait abandonnée : hors de question de passer la nuit seule dans cette chambre d'hôtel. J'aurais eu l'impression d'être une catin !

De l'extérieur, ce que je faisais avec ces hommes qui n'étaient pas disponibles pouvait paraître abject, mais c'était tellement facile que je n'arrivais pas à ressentir la moindre culpabilité. Je ne croyais pas au mariage ou à la fidélité. Pour moi, il ne s'agissait que de concepts qui n'avaient pas de place dans ma réalité. Je les rangeais avec les contes de fées, les princesses et princes charmants de mon enfance, ces belles choses que l'on raconte aux petits pour qu'ils n'aient pas peur de grandir. J'avais arrêté de rêver il y avait bien longtemps.

Ma mère s'était mariée trois fois avant de renouer définitivement avec mon père, qu'elle s'était bien gardée de ré-épouser, cette fois. De ses trois mariages, outre quelques pensions alimentaires et des dettes par-ci par-là, elle avait quatre enfants : trois fils et moi. Elle était infirmière et adorait les histoires d'amour à l'eau de rose. Il suffisait qu'un homme lui fasse une déclaration enflammée pour qu'elle envoie tout valser. Elle s'était mariée beaucoup trop vite la première fois, sans doute parce qu'elle était enceinte. Nous n'en avions jamais parlé franchement, mais mes frères et moi avions bien compris que la date de la cérémonie et celle de la naissance de mon frère aîné étaient trop proches pour coller avec ce qu'elle voulait nous faire croire. De ce premier mariage étaient nés deux fils, Mérovée et Hugues. Elle s'était ensuite amourachée d'un médecin, qu'elle avait épousé en secondes noces. Le mariage n'avait pas tenu un an. Elle avait rapidement divorcé pour épouser mon père, un ouvrier italien. Une rencontre « coup de foudre », comme elle aimait à le dire, à cause d'un poignet cassé. Mon père était un enfant de l'assistance publique : sa mère l'avait abandonné alors qu'il n'avait que cinq ans, et même s'il adorait faire croire le contraire, il ne lui restait pas grand-chose de ses racines italiennes, si ce n'étaient son nom et son prénom. À peine deux ans après ma naissance, mes parents s'étaient séparés, et ma mère avait emménagé avec Luc, un infirmier de dix ans son cadet. J'avais beaucoup de tendresse pour cet homme avec lequel j'avais vécu jusqu'à l'âge de neuf ans. Je l'avais d'ailleurs longtemps considéré comme un second père. Les circonstances de la réconciliation de mes parents m'étaient restées opaques, mais une chose était certaine : Luc l'avait très mal vécue et n'avait plus jamais voulu entendre parler de nous. Nous avions réemménagé à Argenteuil, dans la maison que nous avions quittée quelques années plus tôt, et mon petit frère Clovis était arrivé. Voilà, ma famille, c'était ça.

Je jetai ma cigarette dans le caniveau avant de me diriger vers la grille en métal du jardin de mes parents. J'ouvris le portillon et entrai avec Hug, dont je détachai rapidement la laisse. Celui-ci détala vers le fond du jardin, le nez collé au sol. Je grimpai les quelques marches du perron, puis poussai la porte de la petite véranda, qui résista légèrement.

— Coucou !

J'entrai dans le salon et tombai sur mon frère aîné, Mérovée, assis devant la télé à côté de Victor.

— Méro ? Maman ne m'a même pas dit que tu étais là ! Je te croyais encore parti par monts et par vaux.

Je m'approchai pour lui faire la bise. Il se leva.

— Ah, la petite sœur ! Non, je suis à terre pour

deux mois, alors je suis venu rendre visite aux parents et profiter un peu de mon neveu.

Il ébouriffa les cheveux de Vic, qui s'était levé pour m'embrasser.

Je le serrai contre moi et en profitai pour tendre discrètement la main vers la télécommande et changer de chaîne. Exit, le clip de hip-hop où les filles étaient exposées comme des jambons ! Je ne voulais pas que Vic regarde ça. Je tombai sur une émission de télé-achat.

— Et voilà ! À peine arrivée, faut déjà qu'elle foute son bordel ! protesta Méro pour la forme.

— Il y a des choses qu'un enfant de six ans n'a pas besoin de voir, dis-je avec un peu de reproche. Alors, mon Vic, ça s'est bien passé ?

— Oui, c'était trop cool avec tonton Méro !

Je souris. Je me sentais tellement bien quand il était heureux.

— T'es au courant ? me demanda Méro avec un drôle d'air.

Il semblait très fier de savoir ce qu'il savait.

— Non, quoi donc ? répondis-je, occupée à arranger les boutons de la chemise de Vic, qui avaient été boutonnés de travers.

— Hugues va divorcer.

Je relevai les yeux, abasourdie.

Hugues, c'était la fierté de la famille. Mérovée

s'était enrôlé dans la Marine, je n'étais qu'une hôtesse d'accueil bas de gamme, et Clovis... était Clovis. Hugues, lui, avait réussi. Dans la finance. Enfin, ça, c'était ce que ma mère racontait à ses copines quand elle les croisait le samedi matin au marché. En réalité, il n'était que caissier à la Société Générale. Je devais quand même bien le reconnaître : sa situation était un peu plus enviable que les nôtres. Il s'était installé dans le Sud de la France dès qu'il en avait eu l'occasion, sous prétexte de se rapprocher de sa belle-famille. Comme moi, il avait toujours projeté de partir vivre au soleil. Sauf que lui avait atteint son objectif.

— Il va divorcer ? Je croyais pourtant que c'était le bonheur, avec sa pouffi... femme.

Mérovée éclata de rire.

— Non, apparemment, ça n'allait plus depuis un moment. M'man a laissé entendre qu'il y avait quelqu'un d'autre.

Je levai les yeux au ciel : mes frères et leurs entre-jambes... toute une histoire !

— Et les gamines dans tout ça ?

— Apparemment, c'est Clotilde qui en aura la garde.

— Les pauvres gosses..., lâchai-je en m'éloignant vers la cuisine.

J'entrai dans la petite pièce carrelée de tomettes pour trouver ma mère devant les fourneaux.

Elle et moi n'avions pas grand-chose en commun : elle n'était pas très grande, ses cheveux étaient bruns, ses yeux, d'un joli bleu clair, et sa carrure laissait penser à ses patients les plus récalcitrants qu'il était préférable de coopérer pour prendre leur traitement.

Elle sourit en m'apercevant.

— Oh ! Ali ! Tu manges avec nous ?

J'allai jusqu'au réfrigérateur où j'attrapai un soda light.

— Non, répondis-je en ouvrant la bouteille. Je reprends à 14 heures et je termine à 21 heures. Je viendrai chercher Vic après.

J'avalai une bonne lampée de soda.

— Rho, fit-elle en remuant le contenu d'un immense fait-tout d'où s'échappait une agréable odeur. Tu peux me le laisser pour la nuit, tu sais. Je le vois tellement peu, ce p'tiot !

Je secouai la tête, le sourire aux lèvres.

— M'man, tu le vois toutes les semaines, et quand je bosse, tu passes plus de temps avec lui que moi !

— Je sais, je sais... mais je l'adore, ce gamin. Il est génial.

— C'est vrai, approuvai-je avant de reprendre mon soda.

Clovis entra alors dans la cuisine.

Si Hugues était la réussite de la famille, Clovis était l'exact opposé. Il avait vingt-deux ans et passait ses journées en caleçon à fumer de l'herbe, enfermé dans sa chambre. Adolescent, il était en échec scolaire, et les psys lui avaient trouvé un QI au-dessus de la moyenne. Quand on me l'avait annoncé, j'avais pris conscience d'à quel point l'intelligence ne valait que si l'on savait s'en servir… Et Dieu sait que Clovis ne savait PAS s'en servir ! Fidèle à son habitude, il était en caleçon, et une certaine de partie de son anatomie dépassait.

— Clovis, range ton bazar ! lui ordonnai-je sèchement.

Il se tourna vers moi avec un air de benêt, complètement ramolli par l'herbe.

— Ouais, c'est bon, lâche-moi ! Je suis chez moi. Viens pas me faire chier, répliqua-t-il en réajustant son caleçon.

— Victor est dans le salon, je n'ai pas envie qu'il tombe nez à…, enfin, avec ton machin.

Il poussa une espèce de grognement contestataire qui m'agaça.

— Je m'arrange pour qu'il ne croise personne en caleçon chez moi, continuai-je. Ce n'est pas pour qu'il en croise chez les autres.

— Ouais, bah, serait peut-être bon qu'il en voit

un peu plus, des mecs en calbute chez toi. Tu serais peut-être moins chiante.

Je lui souris.

— J'ai pris mon pied, hier soir, Clovis. Deux fois. Et toi, c'était quand, la dernière fois ? Attention, avec une vraie fille, hein ? Madame main droite, ça compte pas !

Il ne répondit pas, se contentant de me dévisager avec cet air stupide dont il avait le secret. Il décapsula la bière qu'il venait de prendre dans le réfrigérateur, puis sortit de la cuisine en traînant des pieds. La porte de sa chambre claqua au loin.

Je soupirai en revenant vers ma mère.

— Je sais pas ce que tu vas en faire. Ce serait moi, ça ferait un moment qu'il serait à la porte.

— M'en parle pas, je suis à ça de l'y mettre ! me dit-elle en laissant un espace minuscule entre son pouce et son index.

Je ris en contemplant ma bouteille.

— C'est dommage d'avoir un potentiel intellectuel pareil et de ne pas s'en servir !

— Oh ! bah oui, approuva-t-elle, narquoise. C'est un peu comme avoir un véritable don pour la cuisine, mais s'obstiner à vouloir vivre de son physique.

Je me mordis la lèvre pour me contenir.

J'aurais pu lui répondre quelque chose de méchant. J'aurais su faire, taper là où je lui aurais fait mal, mais il était inconcevable pour moi de faire du mal à ma mère. Elle se tourna vers moi.

— Tu es au courant que ton frère divorce ? demanda-t-elle, visiblement décidée à passer à autre chose.

— Oui, Méro me l'a dit. Il a une autre nénette, c'est ça ?

Je tirai une chaise et m'assis à la petite table qui se trouvait au milieu de la cuisine. Nous y mangions tous les six, lorsque nous étions petits, mais aujourd'hui elle me paraissait tout juste assez grande pour deux adultes.

Ma mère laissa échapper un soupir d'exaspération.

— Elle a vingt et un ans... T'y crois, toi ? Vingt et un ! C'est une gosse !

Je haussai les épaules.

— Les copines de Méro ne sont pas beaucoup plus vieilles que ça, si je ne m'abuse.

— Ouais, enfin, Méro, c'est pas pareil : il ne les épouse pas... ou il ne les met pas enceintes, alors qu'il encore marié à une autre.

J'écarquillai les yeux.

— Noooon ? ! Il l'a foutue en cloque, alors qu'il n'a même pas encore divorcé ?

Ma mère se passa la main sur le front, dépitée.

— Je crois que je ne suis pas près de revoir mes petites-filles...

Je ne dis rien, pensive.

Hugues avait toujours été un donneur de leçons. Il avait un avis sur tout et le dispensait même quand on ne lui avait rien demandé. Juste parce qu'il s'imaginait au-dessus des autres à cause de sa réussite personnelle… Bonjour la réussite, aujourd'hui !

— Quel carnage ! conclus-je.

Ma mère arbora un drôle de sourire.

— Au fait, tu sais qui j'ai croisé, ce matin ?

— Hum, non. Qui donc ? demandai-je, méfiante.

— La mère de Julian. Figure-toi qu'il a trouvé du travail !

Je gloussai.

— Il était temps !

— Ali, tu pourrais avoir un peu d'empathie, quand même. C'est dur, de nos jours, et puis, il paraît qu'il a eu énormément de mal à se remettre de votre rupture.

Je levai les yeux au ciel. Et allez ! La belle excuse pour ne pas avoir à bouger son cul du canapé de maman…

— C'est bon, ça va faire deux ans, là. Faut qu'il passe à autre chose.

— Il fait ce qu'il peut… Enfin, ce n'est pas de ça que je voulais te parler : il travaille comme chauffeur-livreur pour une grande entreprise de distribution. C'est bien, non ?

— Waouh... après quatre ans de chômage, c'est merveilleux, ironisai-je.

Elle laissa filer un petit râle d'agacement.

— Toi et ton matérialisme...

— Non, rétorquai-je vivement, Je me fiche du pognon. Par contre, son manque d'ambition et sa tendance à laisser maman gérer à sa place, ça, ce n'est pas possible.

— Il a quand même essayé de...

— C'est elle qui est allée l'inscrire à Pôle emploi ! Si je l'avais laissée faire, elle serait entrée dans sa chambre pour voir comment il s'en sortait dans l'intimité... Remarque, me repris-je en levant un sourcil, cela aurait peut-être mieux valu, parce que, sur ce plan-là, il aurait bien eu besoin qu'on le dirige...

Ma mère ne put s'empêcher de pouffer.

— Oui, enfin, c'est un brave garçon, pas méchant pour deux sous, et c'était un bon modèle pour Vic.

— Franchement, M'man, l'absence est préférable à Julian.

Elle ne réagit pas, se contentant de faire jouer ses doigts sur la table. Je repris une lampée de mon soda.

— Ali..., reprit-elle alors avec douceur.

Je l'observai, intriguée par son ton. Elle évitait mon regard.

— Je sais que ce ne sont pas mes affaires, mais tu as réfléchi à... la situation avec Victor ?

Je laissai échapper un soupir d'exaspération.

— Tu as raison : ce ne sont pas tes affaires ! répondis-je sèchement.

— Ali, c'est très bien ce que tu fais pour ce gosse, et il t'aime comme un fou, mais tu feras quoi, si sa mère débarque pour le reprendre ? Ou même son père ?

— Aux dernières nouvelles, ni l'un ni l'autre ne se souciaient de lui, alors je ne vois pas le problème !

— Ça va faire quatre ans qu'elle est partie et...

— On en a déjà parlé vingt fois ! l'interrompis-je, exaspérée. J'aurais dû le conduire dans un foyer, c'est ça ? J'aurais dû l'abandonner, alors qu'il comptait sur moi, qu'il me faisait confiance ? Quand c'était moi qu'il appelait la nuit, réveillé par un cauchemar ?

Elle me fixait avec un regard de chien battu.

— Non, bien sûr que non, mais...

Elle soupira.

— ... j'ai fait des recherches. Tu peux essayer de faire jouer l'abandon... ce qui rendrait Victor adoptable.

— M'man, franchement... tu crois que les services sociaux me laisseraient adopter un enfant ? J'ai pas de boulot, pas de fric, mon appart est minuscule, je suis une adolescente attardée. Si j'avais un môme à moi, ça ferait un moment qu'ils seraient venus pour me le retirer, crois-moi !

— Ne sois pas aussi pessimiste. Ils prendront en

compte les sentiments de Victor pour toi, et ça, c'est bien plus important que le reste !

Je secouai la tête avec un sourire moqueur.

— Tu crois que ça pèserait lourd dans la balance, quand je suis à peine capable de lui offrir de quoi manger à sa faim ?

— Faut toujours que tu dramatises... Tu te débrouilles très bien, mais tu dois admettre que la situation ne peut pas durer éternellement.

— Oui, reconnus-je, oui, je sais que tu as raison, mais tu veux que je fasse quoi ?

Elle pinçait les lèvres : apparemment, elle avait une idée derrière la tête. Et quand ma mère avait une idée derrière la tête...

— Tu pourrais commencer par changer de travail. Prendre quelque chose de plus stable, quelque chose de plus compatible avec le fait d'élever un enfant.

— Je ne sais rien faire d'autre que la plante verte !

— Marcello, l'ami de ton père, cherche quelqu'un pour l'aider en cuisine dans son restaurant.

Je laissai tomber la tête en arrière, en fermant les yeux. La cuisine, la cuisine, la cuisine... Elle n'avait que ce mot-là à la bouche !

— Il nous a promis qu'il te laisserait ton mercredi et te ferait faire un maximum d'heures le midi, pour que tu puisses passer tes soirées avec Vic !

Ah, OK. Tout était déjà acté, visiblement : on

avait négocié mes horaires de travail dans mon dos, je n'avais même pas mon mot à dire, juste à signer.

— Et puis, tu pourrais revoir Julian, continua-t-elle. Il aimait bien Vic, et ça ferait une bonne situation pour élever un enfant.

Je me levai, n'y tenant plus.

— Ali, si nécessaire, on pourra t'aider à payer un avocat pour les démarches ! dit-elle en haussant la voix pour être certaine que je l'entende.

Je sortis de la cuisine et filai vers la véranda.

Je ne voulais pas que Victor entende ces choses-là. Il savait que je n'étais pas sa mère, il se souvenait certainement de Déborah. Quand je lui avais posé la question, une fois, il s'était renfermé, m'expliquant qu'il ne se souvenait que de moi, mais j'étais convaincue qu'il mentait.

Je passai par le salon pour voir mon petit bonhomme jouer avec mon frère, puis je récupérai mon manteau pour sortir m'en fumer une.

Je m'assis sur les marches du perron. Dans le temps, c'était toujours là que je me cachais pour fumer. Je pensais bêtement que le simple fait de rester dehors empêchait mes vêtements de s'imprégner de l'odeur du tabac. Grossière erreur : je ne comptais plus les fois où ma mère m'avait mis une volée, avant de jeter mon paquet de clopes durement acquis à la poubelle. Je souris en y repensant et me demandai bien pourquoi je m'étais acharnée à fumer ici, alors qu'elle m'attrapait à chaque fois.

Mon père arriva du fond du jardin, une bêche à la main.

— Ali ! Je ne t'ai pas entendue arriver. Tu vas bien, ma belle ?

— Oui papa, ça va, répondis-je, un peu lasse.

Il avait des allures de mafioso des années 1950 : légèrement dégarni sur le dessus du crâne, il n'était pas très grand et portait fièrement une petite moustache autrefois brune, aujourd'hui grisonnante.

— C'est ta mère, hein ? fit-il avec un sourire compatissant.

Je soupirai.

— Tu la connais, quand elle a une idée dans la tête…

— Ça l'obsède à cause de cette histoire avec Hugues. Je crois qu'elle a peur de perdre Victor comme elle risque de perdre Léa et Manon.

— Moi non plus, je ne veux pas le perdre, et moi non plus, je ne veux pas qu'on me le prenne, mais ça, elle ne le comprend pas ! Elle croit qu'il suffit d'aller voir la Ddass et que… Oh ! miracle : « Ils s'aiment alors on ne va pas les séparer, voyons ! »

J'avais déformé ma voix pour mieux souligner la naïveté de ma mère. L'imitation amusa mon père.

— C'est une optimiste, protesta-t-il.

— Ouais, ben, il serait temps qu'elle comprenne que la vie, ça marche pas comme ça !

Je repris ma cigarette. Mon père posa la main sur mon épaule. Je levai les yeux vers lui. Il avait ce regard rassurant, celui qu'il adoptait pour me consoler quand j'étais petite fille. Ma colère vis-à-vis de ma mère s'évapora d'un coup.

— Prends ton temps, Ali. Ce que veut te dire ta mère, c'est que, si tu as besoin de nous, on est là.

Je baissai les yeux, gênée de m'être emportée.

— Merci, papa.

La porte de la véranda s'ouvrit dans notre dos. Mérovée et Victor se tenaient debout dans leurs manteaux, et Vic avait un ballon dans les mains. Méro attrapa une cigarette, qu'il cala entre ses lèvres.

— J'emmène le petit faire un foot avant de manger.

Victor descendit les quelques marches qui nous séparaient et s'assit. Je le serrai contre moi en déposant un baiser sur son front.

— Je viendrai te chercher ce soir, d'accord ? lui dis-je à voix basse.

Il releva son petit nez vers moi, le sourire aux lèvres.

— Super !

Il m'embrassa avant de se remettre debout, sautant les deux marches suivantes. J'écarquillai les yeux en apercevant son dos.

— Oh ! non, Vic ! m'écriai-je en constatant les dégâts, comment t'as fait ça ?

J'attrapai le tissu de son blouson Gaultier junior, déchiré très nettement au milieu du dos. Vic se contorsionnait dans tous les sens pour essayer de voir.

— C'est déchiré ! lui expliquai-je.

— Oh ! non, mince. J'avais pas vu, Ali, me dit-il, désolé.

— On peut essayer de le recoudre ? suggéra mon père en examinant la déchirure par-dessus la monture de ses lunettes.

Je contemplai le tissu effiloché : comment repriser ça ?

— Non, non, soufflai-je, désespérée. C'est impossible à réparer. Sérieux, Vic, faut que tu fasses gaffe ! Comment t'as fait ton compte ?

Il me regarda par en dessous, l'air coupable.

— Je sais pas, Ali.

Je soupirai en regardant le vêtement que j'avais acheté aux Galeries Lafayette pour une petite fortune.

— Si tu veux, cet après-midi, on ira à Carrefour, et on lui en rachètera un, proposa gentiment mon père.

Méro se fendit d'un ricanement sarcastique.

— Elle claque tout son fric dans les vêtements du petit, jamais elle ne te laissera l'habiller chez Carrefour !

J'ignorai la remarque de mon frère, plongée dans

les souvenirs de mon enfance : les moqueries de mes camarades de classe, parce que je me baladais avec les vêtements bon marché et usés de mes frères... Non, je ne pouvais pas envisager une minute de laisser Victor vivre ça.

— C'est bon, c'est pas grave, déclarai-je en me relevant, je t'en rachèterai un.

9

Je bâillais au milieu de l'allée « farine et sucre » du supermarché, mon assiette de cookies à la main. J'avais harcelé Mike tout le week-end pour qu'il me dégote quelques heures de travail, histoire de rhabiller Vic. J'étais toujours engagée pour le Salon de la voile, mais j'espérais caler des heures supplémentaires sur mes deux journées de « repos », le mardi et le mercredi. Lundi, la bonne nouvelle était tombée : j'étais embauchée pour deux journées de démonstration dans un supermarché de la Défense.

Le matin même, je m'étais donc levée aux aurores pour préparer tout un tas de petits gâteaux : cookies aux pépites de chocolat, cakes au citron, marbrés... aux frais de mon employeur, bien entendu. Victor avait été ravi de pouvoir se goinfrer de pâtisseries bien chaudes au petit déjeuner. J'avais ensuite tout empaqueté dans la vieille Citroën que mes parents avaient gentiment accepté de me prêter pour la journée, et j'avais déboulé au centre commercial à 9 h 30.

— Madame, vous voulez goûter ? Ils sortent juste du four ! lançai-je avec mon plus beau sourire.

La cliente passa devant moi en me faisant signe que non de la main. Je la suivis du regard.

— Connasse, va ! sifflai-je entre mes dents.

Je jetai un œil à ma montre en soupirant. Encore une heure trente et j'aurais le droit d'aller déjeuner.

Je me redressai en voyant un nouveau client avancer dans ma direction.

— Monsieur, vous...

Le type m'évita habilement, pressant même le pas pour s'éloigner au plus vite. Je lui adressai un superbe doigt d'honneur en lui tirant la langue. Il ne vit rien, bien évidemment.

— Moi, j'aimerais bien goûter.

Je m'agrippai à mon plateau de petits gâteaux.

La dernière fois que j'avais entendu cette voix, c'était avant de m'enfermer dans la salle de bains d'un hôtel dégueu, situé à deux pas de chez moi. Je me tournai lentement, prudente, et tombai sur le sourire de Gus.

— Gustave ! m'exclamai-je le moins naturellement du monde. Ça alors, quelle surprise ! Comment allez-vous ?

Je lui tendis la main, dans mon rôle d'Aliénor

Giardini, la fille à la cigarette du mercredi. Il parut amusé par la distance que j'avais décidé d'instaurer entre nous. Quelques jours plus tôt, je m'accrochais à ses cheveux en lui susurrant à l'oreille de ne surtout pas arrêter, que oh, oui, oh, oui, il devait continuer comme ça, que c'était bon, oui, ouii, ouiii ! Ça changeait un peu.

— Oh ! ça va bien, merci, répondit-il en prenant ma main pour la serrer délicatement dans la sienne.

Mes genoux en tremblèrent. Je repris très vite ma main pour éviter tout contact.

— Qu'est-ce que vous faites ici ? Vos courses ?

— Non, pas du tout. Disons plutôt que... je me suis arrangé pour savoir où tu travaillais aujourd'hui.

J'eus du mal à assimiler l'information.

— Vous... Vous vouliez... me revoir ?

Ma façon de parler trahissait mes espérances. Il sembla soulagé de me voir réagir de cette façon.

— Oui.

Je me tournai vers mon stand pour me débarrasser de mon plateau de cookies. Je ne savais pas trop quoi penser, mais une chose était certaine : dans mon cœur, c'était le printemps !

— Eh bien, je suis ravie que vous ayez décidé de me recontacter. Je peux faire quoi que ce soit pour vous ?

Il se tenait les deux mains dans les poches d'un

superbe manteau noir dont je ne reconnaissais pas le créateur, mais qui lui seyait à ravir.

— Oui, à vrai dire, il y a une chose que tu pourrais faire pour moi, et c'est pour cette raison que je suis là aujourd'hui.

— Je vous écoute.

Il prit une profonde inspiration en contemplant ses pieds.

— Voilà, j'aimerais beaucoup que… tu acceptes de déjeuner avec moi.

Cette appréhension, ce regard légèrement apeuré et ce sourire… J'allais défaillir au milieu du rayon, devant les compotes en promotion ! Évidemment, dans ma tête, la réponse était « Ouiii, ouiii, ouiii » (un peu comme le vendredi soir…), seulement je réalisai…

— Mais…

Je m'arrêtai en lui coulant un regard de biais pour qu'il comprenne. Il le soutint sans paraître me suivre. J'aurais adoré accepter son invitation, mais il y avait une ombre qui planait sur nous et qui me dérangeait étrangement.

— Mme Gustave…

— Ouh là ! Mme Gustave est très, très, très, TRÈS loin, me rassura-t-il en riant.

Je ne pus m'empêcher de sourire franchement, soulagée.

— Et puis, ce ne sera qu'un simple déjeuner, en toute amitié, s'empressa-t-il d'ajouter.

Mon cœur en soupira de regret.

— Oui, OK, ça me va..., tentai-je de me convaincre.

Mon imagination fertile avait déjà commencé à produire des images torrides d'une pause-déjeuner que j'aurais volontiers partagée avec lui sur la banquette arrière de sa voiture. Déjeuner à base de gémissements plaintifs, de peaux brûlantes et d'échanges de fluides divers et variés... Bref, un vrai petit délire pornographique. Je secouai la tête pour effacer tout ça.

— Je finis d'ici une heure et demie, si ça ne vous dérange pas de m'attendre dans la galerie.

Gus hocha la tête.

— Pas de souci. Quelque chose te ferait plaisir ?

— Un sandwich au jambon cru, peut-être ? proposai-je, le sourire aux lèvres.

La suggestion l'amusa.

— Ça devrait se trouver. À tout à l'heure, alors ?

— Oui, à tout à l'heure !

Je le regardai s'éloigner en souriant bêtement. Et dire que, quatre jours plus tôt, cet homme charismatique et moi, nous...

Un bruit derrière moi attira mon attention. Je me tournai vers mon stand. Un sale gamin était en train de se goinfrer de cookies.

— Hey, dégage de là, toi !

Il sursauta, faisant basculer le plat, qui tomba par terre avec fracas. Mes beaux cookies se retrouvèrent aux quatre coins de l'allée centrale.

— Rhaaa... mais quel crétin ! pestai-je en me baissant pour ramasser mes gâteaux.

La mère de l'enfant se précipita, confuse.

— Oh ! pardon, madame, je suis désolée ! Kevin, enfin, il faut demander la permission, si tu veux un gâteau !

— Oui, maman, répondit-il d'une voix monocorde.

Je me relevai, mon plateau couvert de cookies désormais immangeables.

— Excuse-toi auprès de la dame.

— Pardon, madame, lança-t-il sans aucune sincérité.

— Ce n'est pas grave, dis-je, les yeux rivés à mes pâtisseries, bonnes pour la poubelle.

— Bon, allez, on y va, Kevin ?

Je jetai un regard mauvais au garçon, qui le soutint sans ciller. Petite saloperie...

— Oui, maman !

Tandis que sa mère s'éloignait déjà, il resta à me regarder avec un sourire narquois. Je pris une profonde inspiration pour m'empêcher de lui coller deux baffes.

— Et la prochaine fois, demande la permission, le sermonnai-je une dernière fois.

Je retournai derrière mon stand quand j'entendis une petite voix.

— C'est ça, compte dessus, pouffiasse !

Le gamin fit quelques pas, ravi d'avoir gagné. Je plissai les yeux ; il méritait une bonne leçon ! Je le rattrapai en deux enjambées et le chopai par le col pour le ramener violemment en arrière. Il ne résista pas, sans doute surpris par la vivacité de mon geste.

— La pouffiasse, elle va te coller son pied au cul, petit con ! Tu vas voler jusqu'au plafond, ça va te faire tout drôle, lui dis-je tout bas pour éviter un esclandre au milieu du magasin.

Il ne moufta pas, terrorisé de s'être fait prendre.

— Maintenant, tu t'excuses.

— Par... Pardon, balbutia-t-il, terrorisé.

— Quoi ? J'ai pas bien entendu, là ? insistai-je en tirant un peu plus sur le col de son T-shirt.

— Pardon, répéta-t-il plus fort.

Je le lâchai, satisfaite. Il déguerpit vers sa mère, qui l'attendait plus loin, intriguée par nos messes basses.

— Saloperie de mioche, marmonnai-je en les regardant disparaître.

Sans plus d'échantillons à faire déguster à mes clients, je pouvais aller déjeuner. Je récupérerais les cakes que j'avais laissés en chambre froide à mon retour !

Je me dirigeai vers les vestiaires pour y récupérer

mon manteau et mon sac à main. Je gardai la robe rouge et blanche aux couleurs de la marque de farine que je représentais et sortis dans la galerie pour retrouver Gus.

Il était là, assis sur le banc situé juste en face de l'entrée principale du supermarché. Il avait son téléphone portable à la main et semblait absorbé par l'écran. Je m'étais complètement trompée sur son compte, la première fois que nous nous étions croisés : il n'avait rien d'un « trou du cul ». Il était calme, sûr de lui, et dégageait quelque chose de rassurant, d'apaisant. C'était le genre d'homme avec lequel on ne devait pas avoir peur de l'avenir, quoi que celui-ci réserve.

Je laissai échapper un gémissement de désespoir en le contemplant : il était marié, bon sang ! M-A-R-I-É. Je m'accrochai de toutes mes forces à ce « détail » et inspirai un bon coup avant d'avancer vers lui.

— Alors, les nouvelles sont bonnes ?

Il leva le nez, surpris.

— Oh ! euh... oui, oui, plutôt. La distribution de cookies est déjà terminée ?

Je soupirai.

— Oui, un sale moutard a anéanti ma dernière fournée en l'étalant sur le sol.

— Oh ! je vois. Tant mieux. Enfin, je suis désolé pour tes pâtisseries, bien sûr, mais je suis ravi que tu puisses... déjeuner un peu plus tôt que prévu, dit-il avec un adorable sourire.

Je rougis un peu. Je m'arrangeais pour maîtriser mon enthousiasme à défaut de mes pulsations cardiaques...

— Bon, eh bien, allons-y.

— Oui, allons-y, dit-il en se levant.

Nous traversâmes le centre commercial l'un à côté de l'autre. Je ne savais pas trop quoi dire. Lui non plus, apparemment.

— Je pense que là-bas, dis-je en désignant l'enseigne d'une boutique spécialisée dans les sandwichs à la baguette, on trouvera quelque chose à votre goût.

— Parfait.

Nous entrâmes dans le restaurant qui était encore vide. Il commanda un sandwich au jambon cru qu'il accompagna d'une bouteille d'eau plate. Il me proposa de m'offrir quelque chose, mais j'étais toujours au régime anti-hanches, alors je ne pris qu'une canette de Coca sans sucre.

— Tu es certaine de ne vouloir que ça ? insista-t-il, dans l'incompréhension. Je croyais que tu voulais un sandwich au jambon.

— Non, j'ai envie de vous voir en manger un, pas d'en manger moi-même, nuance !

Il rit.

— Pas banal !

— Je sais, c'est ce qui fait mon charme, dis-je en battant exagérément des cils.

Nous nous installâmes à l'une des tables. Il retira son manteau, qu'il déposa sur le dossier de sa chaise. Il portait une chemise Hugo Boss bleu ciel et blanche sous son costume noir. Je souris en apercevant l'imprimé : Victor avait exactement la même. En beaucoup plus petit, évidemment.

Il jeta un rapide coup d'œil à sa chemise en voyant que je l'observais.

— Un souci ? s'enquit-t-il.

— Ah non, non, absolument aucun. Au contraire, même !

Mon compliment dissimulé sembla à son goût.

— Merci.

Il déballa son sandwich et mordit dedans à pleines dents. Je le regardai manger, un doigt traçant négligemment les contours de ma canette. Si cette canette avait pu être son…

— Alors, commençai-je, dans l'espoir de penser à autre chose qu'à nos corps nus luisants de transpiration. Qui vous a dit que je travaillais ici, que je prépare ma terrible vengeance ?

Il rit.

— Ça, c'est un secret. Disons simplement que j'ai des amis bien placés.

Je hochai la tête.

— Il va falloir que je me méfie de mon entourage, alors…

— Peut-être…, dit-il malicieusement.

Je pris le temps de savourer une gorgée de Coca.

— Je suis un peu étonnée.

Il leva un œil interrogateur vers moi.

— Oui, continuai-je. Vu la façon dont vous vous êtes tiré, vendredi dernier, je ne pensais pas à ce que vous cherchiez à me revoir !

Il reposa son sandwich, l'air contrit. Il s'attendait à ce que je l'attaque sur le sujet, c'était évident.

— Tu n'avais pas l'air bien, et comme je n'étais pas non plus très à l'aise, je me suis dit que… ce serait plus simple ainsi.

Je hochai la tête en repensant à ma syncope dans la salle de bains : avais-je une petite chance qu'il ait ressenti ce genre de malaise, de l'autre côté de la porte ? Reviens sur Terre, ma grande…

— Quel tact !

Il rougit, embarrassé. Il était à croquer !

— Je suis désolé si je t'ai froissée. La vérité, c'est que… je n'ai pas l'habitude de faire ce que j'ai fait ce soir-là.

— Hum… vous n'avez pas l'habitude… de prendre votre pied, ou bien de coucher avec une autre que votre femme ?

Il réfléchit quelques instants, son regard gris dans le vague.

— Je dirais que c'est… un mélange des deux, répondit-il en choisissant prudemment ses mots.

— Ouh là, c'est plus grave que ce que j'avais imaginé !

Il reporta son attention sur son sandwich.

— Et toi ?

— Moi ?

— Tu as… l'habitude de… faire ça ?

Je haussai les épaules.

— Un peu.

Il ricana.

— Quoi ? demandai-je, piquée par son air moqueur.

— Ça ne veut rien dire, « un peu », me fit-il remarquer en me regardant enfin dans les yeux.

Je ne soutins pas longtemps son regard. Pinçant les lèvres, je réfléchis à la réponse la moins dégradante pour moi.

— Bon, alors, disons que… depuis quatre ans, ça m'est arrivé plusieurs fois.

— Combien ?

La vivacité avec laquelle sa question avait fusé me surprit. Je fronçai les sourcils.

— C'est quoi, ces questions ?

— Rien, j'essaie juste de comprendre le fonctionnement de Mme Aliénor Giardini.

Il semblait drôlement fier de me montrer qu'il se souvenait de mon nom et de mon prénom. Je pris mon temps pour formuler ma réponse. Je ne savais pas trop où il allait, mais je n'avais pas envie qu'il se pense exceptionnel à mes yeux.

— Quatre fois. Vous avez été le cinquième, avouai-je d'une voix neutre.

Il se contenta d'opiner du menton.

— Et… tu les revois souvent ? demanda-t-il, prudent.

— Quoi ? Ah non, non, non ! dis-je, horrifiée par la vision qu'il avait de moi. Je vous l'ai dit : si je ne fréquente que des hommes « non disponibles », c'est justement pour éviter de m'attacher. Je ne veux pas de relation, je ne suis pas la maîtresse, juste… la fille d'un soir.

Ces mots me laissèrent un goût amer.

Je n'avais jamais parlé ouvertement de tout ça avec quelqu'un, et c'était assez désagréable. Si, dans ma tête, j'étais une femme libre et indépendante qui savait ce qu'elle voulait, décrire à haute voix mon attitude avec les hommes me donnait l'impression d'être une garce en rut.

— Pourquoi tu ne veux pas t'attacher ?

Je contemplais ma canette avec intérêt.

— J'ai mes raisons.

— Ils n'ont jamais eu envie d'autre chose, ces hommes ?

Je me grattai la nuque, embarrassée.

— Normalement, c'est moi qui maîtrise la situation : pas d'adresse, pas de numéro de téléphone, parfois même pas de nom complet. Je les attache et je les abandonne quand j'ai obtenu ce que je voulais.

Il se frotta le menton, pensif.

— Donc... tu m'en veux de m'être détaché ?

Je piquai un fard au souvenir de la douce caresse de ses doigts sur ma peau... Comment regretter ?

— Pas vraiment, dis-je en me cachant derrière mon soda.

— Mais je suis différent...

Cette idée me semblait un peu trop à son goût.

— Non, disons juste... qu'on a procédé un peu différemment. Pour le reste, vous n'en savez pas plus sur moi que tous les autres !

— Je sais où tu habites.

J'éclatai de rire.

— Ah oui ? Et où pensez-vous que je vis ? Au rayon charcuterie ou poissonnerie ?

— Je me doute que tu habites un des immeubles alentour.

Je secouai la tête.

— Vous n'y êtes pas du tout ! mentis-je.

Il reprit son sandwich. Il semblait absorbé par

ses pensées. Moi, je me contentais de me régaler à l'observer, concentré. Je n'avais jamais remarqué à quel point un homme pouvait être beau lorsqu'il réfléchissait.

— Donc, reprit-il enfin, si je t'invitais pour une soirée... disons, un peu plus « romantique » que celle qu'on a passée tous les deux, tu refuserais ?

Une soirée « romantique » avec moi ? Le pauvre, il ne savait pas où il allait, là !

— Bien sûr, répondis-je honnêtement.

Il réfléchit encore un peu.

— Et je ne peux pas non plus espérer obtenir ton numéro de téléphone ?

— Impossible, en effet. Pourquoi ? C'était ce que vous espériez, en venant ici aujourd'hui ?

— Hum... pour être tout à fait franc, je ne sais pas trop ce que je fais ici, m'avoua-t-il avec un petit sourire gêné.

Mon cœur fit une violente embardée.

— Intéressant, soufflai-je, les yeux rivés aux siens.

Le gamin que j'avais corrigé un peu plus tôt entra dans le restaurant avec sa mère. Je le fusillai du regard. Quand il passa à notre niveau, il fit un écart d'un bon mètre pour éviter d'avoir à m'approcher. Je l'observais d'un air narquois, celui-là même qu'il avait utilisé pour me défier, avant que je ne le menace de lui coller mon pied aux fesses. Alors, c'était qui, le vainqueur, hein ? Gus nous dévisageait sans comprendre.

— Oh ! c'est rien, le rassurai-je. Juste le sale mioche qui a renversé mes gâteaux. Je hais les gosses !

Je fis mine de vomir. Gus se figea, les yeux écarquillés.

— Un souci ?

— Heu... c'est-à-dire que... qu'il me semblait t'avoir vue avec un enfant, le mercredi où tu m'as insulté. Et je pensais qu'il s'agissait de ton fils...

— Ah, oui, Victor ! Oui, oui. Lui, c'est différent ! Victor est un gamin extraordinaire, rien à voir avec ce genre de crétin mal éduqué... Vous verrez.

Gus afficha un air satisfait en reprenant son sandwich.

— Il me tarde de « voir », alors.

Je piquai un fard en réalisant trop tard que je lui avais laissé l'espoir d'entrer dans ma vie. Je ne comprenais pas pourquoi, c'était sorti tout seul.

— Victor, donc ? C'est joli. Et... il a un papa, Victor, j'imagine ? demanda-t-il prudemment.

Je me mordis la joue pour m'empêcher de rire.

— Alors là... je crois que c'est la manœuvre la plus maladroite que j'aie jamais vue !

Il baissa la tête, gêné.

— Excuse-moi, mais ça va faire dix ans que je n'ai

pas cherché à connaître quelqu'un, tu comprendras donc que je patauge un peu !

— Dix ans, ça fait long, en effet.

— Oui, concéda-t-il tristement.

Je l'observais ouvrir sa bouteille d'eau et en boire une gorgée. Il faisait fondre mon petit cœur tout mou entre sa drague de débutant et sa justification tristounette.

— Puisque cela semble vous intéresser, sachez que je suis célibataire et que Victor n'a aucun contact avec son père.

Gus hocha la tête et reprit une bouchée de son sandwich dont il ne restait plus grand-chose. Bon, autant le dire, je le mangeais littéralement des yeux : c'était mon sandwich à moi !

— Pourquoi vous être rasé ? Ça vous allait vachement bien, la petite barbe de rebelle. Ça collait avec le tatouage…

— Ça fait un peu négligé. Disons que, pour certains rendez-vous, ce n'est pas très approprié.

— En tout cas, dis-je en reposant ma canette, vous faites drôlement jeune comme ça…

Il parut surpris.

— Ah bon ?

— Oui, je vous aurais donné la bonne quarantaine, peut-être même plus, avec votre barbe, alors que là…

Je m'arrêtai pour l'examiner. Il se prêta au jeu et resta immobile, dans l'attente de mes spéculations.

— Je dirais... trente-deux ?

Il hocha la tête, satisfait.

— Trente-six.

Je sifflai.

— Ah ouais... pas mal !

Je me concentrai sur ma boisson en repensant à la première fois où j'avais pu admirer la splendeur de ses trente-six printemps dans leur intégralité... Il faisait tellement chaud dans cette sandwicherie, c'était intenable !

— Tu peux me rendre un service ? demanda-t-il soudain.

Je lui jetai un regard méfiant.

— Qu'est-ce que vous allez encore me demander ?

— Tutoie-moi.

Je serrai les mâchoires.

— Ah, désolée, Gus, mais ça, ça fait partie des limites !

Il froissa le papier de son sandwich, qu'il abandonna sur son plateau.

— Il me semble que tes limites, je les ai franchies à l'instant où j'ai dénoué ma cravate...

— Oh ! comment est-ce que vous avez fait, d'ailleurs ? demandai-je, sans pouvoir cacher ma curiosité.

Mon frère, marin de son état, m'a remontré la procédure, et je suis certaine de ne pas m'être plantée.

— Tutoie-moi et je t'expliquerai comment j'ai fait.

Je soupirai longuement.

— Tant pis, je ne saurai jamais...

Il fit la grimace devant autant de résistance.

— En tout cas, j'ai plus d'informations sur toi : je sais maintenant que tu as un frère, et qu'il est dans la marine.

Sa façon de rassembler les informations miette par miette me fit rire.

— Ça ne vous apportera pas grand-chose : c'est mon demi-frère et nous ne portons même pas le même nom !

J'attrapai mon sac à main et l'ouvris pour en sortir une cigarette.

— Je vais aller m'en fumer une avant d'y retourner, annonçai-je.

— OK.

Il rassembla rapidement ses déchets sur son plateau puis s'en débarrassa dans la poubelle la plus proche. Il enfila son manteau, puis revint vers moi. Il me tendit sa carte de visite, calé entre son majeur et son index.

— Au cas où tu aurais envie d'une soirée différente.

— Une soirée... « romantique » ? demandai-je, un peu moqueuse.

— Pourquoi pas, oui.

— Je l'ai déjà, dis-je avec un clin d'œil.

Je passai devant lui. Il sembla ravi d'apprendre que je n'avais pas jeté la carte qu'il m'avait laissée et se contenta de replacer la nouvelle là où il l'avait prise, sans faire de commentaire.

Nous traversâmes le centre commercial pour atteindre l'extérieur. Il pleuvait un peu. Je calai ma cigarette entre mes lèvres et tâtonnai dans mon sac à main, à la recherche de mon briquet.

— Bon, eh bien, n'hésite pas à m'appeler, si tu en ressens l'envie. La balle est dans ton camp, ajouta-t-il avec un adorable petit soupir de désespoir.

Je ris.

— Ne comptez pas trop là-dessus !

Je cherchais toujours mon briquet dans mon bric-à-brac. En essayant d'atteindre le fond du sac, j'envoyai valser quelques papiers qui tombèrent par terre. Il les ramassa avant moi.

— Oh ! merci.

Mes doigts frôlèrent les siens lorsque je me saisis des feuillets, qu'il m'empêcha de reprendre. Je levai les yeux, intriguée. Il me regardait sans sourire. Je sentis mon pouls prendre de la vitesse et finis par lui arracher les papiers des mains.

— À quoi vous jouez, là ?

— À rien. Je me demandais juste comment tu réagirais, si j'essayais de t'embrasser, là, tout de suite.

Il y avait une petite pointe de provocation dans sa voix : il ne plaisantait qu'à moitié. Je ricanai en me concentrant sur les documents que je fourrai dans mon sac.

— Vous pouvez toujours essayer, dis-je, non sans difficulté, à cause de ma cigarette. Mais je ne crois pas que...

Je m'arrêtai là, happée par son regard.

J'attrapai ma cigarette et ouvris la bouche pour continuer, mais rien n'en sortit. J'étais tétanisée par ce que je venais de comprendre. S'il s'approchait maintenant, s'il posait les lèvres sur les miennes ou que ses mains glissaient sur moi, je n'aurais pas la force de le repousser.

Il fit un pas vers moi. Nous étions si proches que je pouvais sentir son souffle se mêler au mien. Il inclina légèrement la tête sur le côté et s'approcha encore, lentement, prudemment. Ma respiration s'emballait, mais je ne reculais pas. Pire : je penchais moi aussi la tête du côté opposé au sien, en fermant les yeux. Ses lèvres retrouvèrent doucement les miennes. C'était timide et si doux... Il s'éloigna d'un coup, craignant sans doute que je change d'avis. Je rouvris les yeux pour plonger encore dans son regard gris, ce regard qui me possédait tout entière, et j'abandonnai.

Je laissai tomber mon sac à main par terre et passai mes deux bras autour de son cou pour qu'il revienne.

Sa bouche se colla à la mienne un peu brutalement, mais ça n'avait pas d'importance. Plus rien n'avait d'importance, en fait. À ce moment-là, il n'y avait rien autour de nous. C'était un peu comme ces baisers imaginaires, dans les films et les bouquins, lorsque le monde semble disparaître dans un tourbillon. Sauf que là, c'était vraiment ce qui était en train de se passer.

Je le serrais contre moi pour l'empêcher de partir tandis que notre baiser s'intensifiait. Je ne voulais pas que ça s'arrête, jamais. Ses mains m'entourèrent prudemment la taille. Ce n'était pas bien, je ne devais pas, je le savais, mais l'attraction était si forte…

Il posa le front sur le mien et souffla longuement, apparemment troublé. Il respirait vite, mais ce n'était rien à côté de moi : on aurait cru que j'étais en pleine crise d'asthme.

— Promets-moi que… tu m'appelleras, dit-il tout bas.

Je hochai plusieurs fois la tête en me mordant la lèvre, incapable de rouvrir les yeux.

— Je te le promets.

10

Je passai les jours suivants rongée par la culpabilité. Culpabilité d'avoir embrassé et de vouloir le mari d'une autre et, surtout, culpabilité d'avoir envie de le revoir. Je tentai de m'accrocher à l'idée qu'il ne s'agissait que d'une lubie, que le temps me permettrait de passer à autre chose, mais je me trompais. Plus les jours passaient, plus je pensais à lui, et mon travail ne m'aidait pas à l'oublier.

Le mercredi, je travaillai au supermarché, et les souvenirs de nos retrouvailles inattendues et de l'incroyable baiser que nous avions échangé ne cessèrent de me tourmenter. Le jeudi, je retournai au Salon de la voile avec la ferme intention de ne plus me laisser submerger par mes sentiments. J'étais décidée à l'oublier, tentant de me jeter corps et âme dans mon travail. Malheureusement pour moi, le Salon était vide en semaine, et nous nous retrouvâmes relativement désœuvrées. Mon esprit vagabonda jusqu'à une certaine soirée, lorsqu'une journée de labeur ennuyeuse s'était terminée en nuit délicieuse. En rentrant chez moi le jeudi soir, mes bonnes résolutions flanchaient déjà.

Je commençais à penser que ça n'engageait pas à grand-chose de le revoir : j'étais libre et, de son côté, il devait avoir de sérieuses raisons de tromper son épouse.

Je passai une grande partie de la nuit à réfléchir, à tourner et retourner le problème dans tous les sens.

En me levant le vendredi matin, mes idées étaient plus claires : je devais le revoir. Pas pour lui sauter dessus, mais pour parler.

Personne ne m'avait mise dans un tel état auparavant, et j'avais besoin de comprendre. J'aurais pu en parler avec ma mère, mais cette dernière aurait été horrifiée d'apprendre la situation de Gus. Mes frères, pas la peine d'y songer : Méro m'aurait conseillé d'acheter une bonne bouteille de whisky, de la lingerie cochonne, et de foncer pour un plan à trois avec madame, Hugues m'aurait fait la morale, et Clovis se serait contenté d'un grognement d'indifférence. Quant à mes amies, elles étaient aux abonnés absents depuis plusieurs années. Quand j'apprenais à Vic à aller sur le pot, elles ne pensaient qu'à courir les soirées en quête d'un plan cul. Et les choses ne s'étaient certainement pas arrangées avec les années…

Le vendredi soir donc, après mon travail, je pris une bonne douche, m'habillai décontractée et composai le numéro de Gus en tremblant. Je comptais lui proposer une soirée en tête à tête le lendemain soir pour parler à cœur ouvert. J'avais déjà trouvé le restaurant, ni chic ni bas de gamme, où nous pourrions nous retrouver sans ambiguïté. Je soufflai en entendant la première sonnerie. Il n'y en eut pas d'autres.

— Allô ?

— Allô ? Heu… Gus ? C'est Ali. Aliénor.

— Oh ! Ali ! Comment vas-tu ?

Sa façon de parler trahissait un certain plaisir à recevoir mon appel.

— Très bien, merci. Et toi ?

— Ça va aussi, merci.

Il y eut un vilain silence. Je me frottai la nuque.

— En fait… je t'appelais pour… pour…

Je faisais les cent pas dans mon salon, et Victor me jeta un coup d'œil intrigué. Il gribouillait sur une feuille, assis devant la table basse.

— Pour… ? demanda Gus.

Je soufflai un grand coup afin de prendre de l'élan.

— Pour… t'inviter à dîner. Pour parler, m'empressai-je d'ajouter.

Je l'entendis rire.

— Avec plaisir. Quand ça ?

— Demain soir ? J'ai une baby-sitter disponible pour Vic.

— Hum… demain soir, ça va être compliqué. Je prends un avion dimanche matin de bonne heure…

— Oh ! je… je vois. Eh bien, tant pis. J'aurais tenté ma chance, hein ! dis-je avec un ricanement nerveux.

— Attends, attends ! Et ce soir ?

— Qu… ce soir ? Oh ! non, je ne peux pas. J'ai Victor, et puis il est déjà tard…

— J'aimerais beaucoup rencontrer Victor.

Il me fallut cinq secondes pour m'en remettre.

— Vous… Tu veux… rencontrer Vic ?

— Oui, je t'avoue que je suis assez curieux de voir quel genre de gnome t'empêche de t'attacher à quelqu'un.

Je m'arrêtai au milieu du salon, tendue : il m'avait mieux cernée que ce que je croyais.

— Je… Je ne sais pas si c'est une bonne idée. Il n'a pas l'habitude de me voir avec quelqu'un et…

— Ce sera juste un dîner entre amis, s'empressa-t-il d'ajouter. Allez, accepte, s'il te plaît, autrement je vais finir avec un plat de lasagnes surgelées que je dégusterai seul devant mon ordinateur.

Je ne dis rien. Je tentai de peser les pour et les contre… et ça ne donnait rien ! Je ne pensais qu'à une chose : sa femme, sa femme, sa femme.

— Ali ? m'interpella Gus au bout de presque une minute de réflexion.

— Heu... oui, oui, je... je ne sais pas si...

— Moi, aussi, j'ai besoin de te parler, déclara-t-il sérieusement.

Je pris une profonde inspiration.

— OK. Tu n'as qu'à venir à la maison.

À peine eus-je terminé ma phrase que je réalisai que c'était la honte de l'inviter ici... mais impossible de faire autrement avec Vic.

— Ça me va. Vous aimez la nourriture chinoise ?

— Chinoise ? Oh ! oui, je crois. Vic ! Tu mangerais chinois ?

Vic releva le nez vers moi.

— Ouais, j'aime bien quand il y a des nems à la cantine.

— On dit pas « ouais », on dit « oui ».

— Oui, Ali, chantonna-t-il en retournant à ses feutres.

Je repris le téléphone.

— C'est bon, ça lui convient.

— Parfait.

— Génial.

Il y eut un nouveau silence gênant.

— Je peux... avoir ton adresse, Ali ?

Mais quelle crétine...

— Oh oui, bien sûr. C'est au 23, allée des Goélands,

appartement 46 et… C'est facile : c'est la cité des Lilas, me résignai-je à lui avouer.

— Très bien. Je serai là d'ici une heure, peut-être un peu plus ? Si ça bouchonne. À tout à l'heure.

— Ça marche. À tout à l'heure.

Il raccrocha. Je regardai mon téléphone et pris une profonde inspiration avant de me tourner vers Vic : j'allais devoir lui fournir quelques explications.

Je déposai mon portable sur l'étagère où je cachais toujours mes cigarettes et mon briquet et allai m'asseoir près de lui sur le canapé. Il ne réagit pas, accaparé par ses crayonnages. Comment lui expliquer sans éveiller de soupçons ? C'était l'angoisse… je ne savais plus comment faire !

— Alors, ça va, bonhomme ? commençai-je.

Il se contenta de hocher la tête, les yeux sur son dessin. Je tapai nerveusement mes mains l'une contre l'autre.

— Ta… hum, ta journée s'est bien passée ?

Il se tourna vers moi, les sourcils froncés.

— Tu me l'as déjà demandé tout à l'heure.

— Ah… oui, oui, enfin… En fait, Vic, je voulais t'expliquer que…

Je restai suspendue à son joli regard innocent… et perdis totalement mes moyens !

— Que… que… que… tu veux regarder la télé ?

J'attrapai vivement la télécommande et allumai l'appareil. Vic retourna à son dessin.

— Si tu veux.

Je changeai rapidement de chaîne sans vraiment regarder ce qui défilait devant mes yeux. Je m'arrêtai au hasard et fis jouer la télécommande entre mes mains.

Je ne cachais quasiment rien à Vic, juste ce qu'un adulte responsable se doit de dissimuler aux yeux d'un enfant innocent, et ça m'embêtait beaucoup de lui mentir. En même temps, j'avais peur de l'impact que pourrait avoir la venue de Gus ici. Vic ne me voyait jamais avec un homme ; il m'avait déjà posé des questions plutôt drôles, à savoir si j'étais comme la maman de Ryan, le petit garçon aux deux mamans, ou si j'étais amoureuse du papa de Lucie, qui venait juste de divorcer et qui m'avait gentiment offert une crêpe à la kermesse de l'école. Il s'inquiétait pour moi, quelque part, et je me doutais qu'il allait s'imaginer des choses. Je devais agir pour que tout soit bien clair dans sa petite tête.

— Vic, l'appelai-je.

Il délaissa son dessin, qui représentait à présent très clairement un dinosaure mauve et vert.

— Ce soir, quelqu'un va venir manger avec nous, annonçai-je posément.

Il réfléchit quelques secondes en regardant en l'air.

— Cool, conclut-il enfin, avant de retourner à sa feuille.

— Je veux que tu comprennes bien qu'il s'agit juste d'un ami. Il s'appelle Gus, et je l'ai rencontré la semaine dernière, quand j'ai travaillé tard, tu te souviens ?

— Oui, oui...

— Donc, voilà, il va venir ici et...

— On va manger chinois, termina-t-il avec un sourire en coin. Je suis pas bête, tu sais. J'ai compris.

J'en restai sans voix.

— Ah ? Heu... OK.

— C'est bien que t'aies un copain. Moi, j'ai Ahmed, mais toi, t'es toujours toute seule, alors je suis très content pour toi.

Je laissai tomber ma mâchoire, estomaquée par sa façon de percevoir la situation.

— Je... Je suis pas toute seule ! J'ai Hug, fis-je remarquer en désignant le chien qui faisait un somme sur son coussin, les quatre fers en l'air.

Victor sourit.

— C'est mon chien, je te signale, tu me l'as offert pour Noël !

— Oh ! alors là, mon petit père, ce sera ton chien quand tu iras le promener sous la pluie et que tu achèteras ce qu'il faut pour remplir sa gamelle avec ton argent de poche, non, mais !

— OK : c'est ton chien ! concéda-t-il en riant.

Je secouai la tête.

— Espèce d'escroc, va ! Allez, file sous la douche, il faut que tu sois tout beau pour rencontrer Gus.

— D'accord !

Il s'éloigna vers sa chambre pour prendre son pyjama. J'attrapai son dessin et souris en apercevant un tas de dinosaures farfelus, tout droit sortis de son imagination.

Je profitai du fait qu'il soit dans la salle de bains pour ranger un peu ce qui traînait. Quand il en sortit, habillé de son joli pyjama Gap vert et blanc qui lui donnait des allures de bonbon à la menthe, je fumais une cigarette à la fenêtre pour me détendre.

— Et voilà, je suis tout propre ! m'annonça-t-il fièrement en sautillant à travers le salon. Hey ! Mais… il est où, mon dessin ?

Je ris, tout en jetant mon mégot par la fenêtre.

— Accroché au frigo !

Il fit une moue boudeuse.

— J'avais pas fini…

— T'auras qu'à en faire un autre, dis-je en l'attrapant par le cou pour l'embrasser sur la joue.

Il coopéra à peine.

— Du coup, je peux jouer à la console ?

— T'as fini tes devoirs ?

— Je les ai faits avec Valérie avant que tu viennes me chercher ! rétorqua-t-il, un peu agacé.

— Bon, OK...

Il bondit du canapé et se jeta sur sa console en principe cachée en hauteur. Je soupirai en le voyant s'installer sur les coussins : il avait grandi ; je devais songer à placer la console sur l'étagère au-dessus.

Mon téléphone se mit à sonner. Je me jetai dessus et tremblai en apercevant le numéro. Je connaissais ces chiffres par cœur pour les avoir contemplés une grande partie de la nuit sur sa carte de visite.

— Allô ?

— Bonsoir, c'est Gus. Je suis devant la porte de l'immeuble, mais je crois que l'Interphone ne fonctionne pas.

— Ah oui, il est cassé depuis quinze jours. Je t'ouvre, dis-je en sautillant vers l'Interphone pour appuyer (vingt fois) sur le bouton. C'est bon ?

— Oui, j'arrive.

— Quatrième étage, sixième porte.

— OK.

Je raccrochai et me passai une main tremblante sur le visage.

— Maman...

Je me tournai vers Vic.

— Tu vas laisser le séchoir avec Gus ? demanda-t-il, très inquiet.

Je jetai un coup d'œil à l'étendage qui trônait près de la cuisine, avec tous les petits slips de Vic.

— Oh ! non, non, je vais le cacher dans la salle de bains.

J'attrapai mon séchoir que je repliai grossièrement pour pouvoir le traîner jusqu'à la salle de bains. J'ouvris la porte et réalisai, un peu tard, que si quelqu'un voulait aller aux toilettes, ce serait impossible. Je fis demi-tour, direction la seule pièce de l'appartement où l'on pouvait à peu près évoluer sans se cogner dans un meuble : la chambre de Vic. Je déposai l'étendage au milieu des Lego et des Playmobil, puis refermai la porte derrière moi avant de revenir au salon.

— Dis donc, Vic, c'est un foutoir pas possible ta chambre ! Tu vas me faire le plaisir de ranger.

Il se leva vivement.

— T'as pas écrasé la ville que j'avais construite, j'espère ?

Je le fixai trois secondes. Trois secondes de trop, propres à me trahir : oui, j'avais anéanti sa ville avec mon séchoir-Godzilla. Je ris nerveusement en regardant ailleurs.

— Le truc avec les Lego et les boîtes en carton découpées ? Nooooon, je n'aurais jamais fait ça, voyons !

Il me dévisageait d'un œil sévère quand on frappa deux coups. J'allai ouvrir, Vic sur les talons. Je m'arrêtai devant la porte pour prendre une profonde inspiration.

— T'aurais dû mettre des plus jolis vêtements, non ? fit remarquer une petite voix à côté de moi.

J'inspectai rapidement ce que je portais : un short en coton gris, un débardeur trop large qui laissait apparaître ma brassière noire correcte et décente. Mes cheveux étaient ramenés en queue-de-cheval basse, je n'avais pas de maquillage, ni de bijoux... C'est vrai que j'aurais peut-être dû me changer.

— Oh ! merde, tu crois que j'aurais dû mettre autre chose ?

Victor éclata de rire.

— T'as dit un gros mot !

Je secouai la tête pour oublier sa remarque et ouvris. Gus se tenait là, dans son élégant manteau noir, avec à la main un grand sac plastique qui devait contenir notre dîner. Son visage s'illumina quand il m'aperçut. Je sentis mon cœur s'affoler dans ma poitrine.

— Bonsoir, me salua-t-il tout bas.

— Bonsoir, répondis-je d'une voix sucrée qui ne me ressemblait pas du tout.

— Salut ! lança Victor qui s'était glissé devant moi.

Retour sur Terre.

Je posai les deux mains sur les épaules du petit.

— Heu... Oui, Gus, je te présente Victor. Victor, voici Gus.

Gus tendit la main à Vic, qui s'en saisit sans hésiter.

— Je suis absolument ravi de faire ta connaissance !

— Moi aussi ! répondit Vic. Viens.

Je le suivis des yeux tandis qu'il s'éloignait à l'intérieur de l'appartement : monsieur avait décidé de prendre les choses en main ! Gus haussa les épaules en riant et passa devant moi.

Je clignai des yeux, estomaquée par l'aisance de Vic. Il fit visiter les lieux à Gus, tour assez vite exécuté étant donné la taille de notre logement.

— Alors, comment tu as rencontré ma maman ?

Je souris en l'entendant utiliser l'adjectif possessif. Il ne m'appelait maman que lorsque c'était important, comme à l'école ou bien lorsqu'il vivait un moment un peu difficile et qu'il avait besoin de se rassurer. Il avait envie de montrer à Gus que je lui appartenais, et je devais avouer que je trouvais cela vraiment très mignon.

— Eh bien, je l'ai rencontrée pendant qu'elle travaillait au Salon de la voile.

Gus déposa son sac plastique sur la table basse, tandis que Vic prenait place sur le canapé.

— Ah oui, c'est vrai, elle m'a dit.

— Je peux prendre ton manteau ? proposai-je à Gus.

— Oh ! oui, merci, c'est gentil.

Je récupérai son manteau et penchai discrètement

(ou pas…) la tête sur le côté pour m'attarder une minute sur le bas de son dos. Je n'avais pas encore eu l'occasion d'admirer ce versant de sa personne et, autant le dire, ça me plaisait tout autant que le reste.

— Je t'ai pris plein de nems, annonça Gus à Vic en ouvrant le sac. J'ai entendu tout à l'heure que tu les aimais.

Le visage de Vic s'illumina d'un sourire radieux.

— Ouah… oui, j'adore ça !

Je m'éloignai pour accrocher le manteau de Gus à la patère de l'entrée. Lorsque je revins, Vic était en train de déballer un par un tous les plats chinois.

— Vic, doucement ! Peut-être que Gus avait prévu d'en rapporter chez lui pour demain !

— Oh… Pardon, Gus.

Ce dernier sourit.

— Non, tu peux y aller : mange tout ce que tu veux !

Je m'approchai de la table basse entièrement couverte de boîtes.

— Bah… le moins qu'on puisse dire, c'est qu'il y a du choix, hein ! raillai-je.

Gus rit, un peu embarrassé.

— Je ne savais pas ce que vous aimiez, alors j'ai pris un peu de tout.

— C'est très gentil, merci beaucoup, dis-je en m'agenouillant. Tu me diras combien je te dois.

J'attrapai une paire de baguettes en bois. Gus prit place sur le canapé, à côté de Vic.

— Ce soir, c'est pour moi !

Je hochai la tête, satisfaite. Ce soir... Est-ce que j'avais le droit d'espérer un autre soir ? Un truc intime, où je m'efforcerais de le rembourser en nature pour ce somptueux dîner ? Je repoussai cette idée hors de mon esprit et me raccrochai à l'image de la femme en blanc l'attendant devant l'autel.

— Merci beaucoup, soufflai-je. Vic, qu'est-ce qu'on dit ?

— Merci, Gus !

Étant toujours au régime, je tentai de trouver le plat le moins calorique de la table. J'optai pour des crevettes grillées aux épices accompagnées d'un peu de riz nature, tandis que Vic se jetait sur le riz cantonais et les nems.

Je ris en le voyant une énième fois rater sa bouche avec ses baguettes.

— Il va falloir que tu t'entraînes plus que ça, mon petit loup. À Tokyo, on ne mange qu'avec des baguettes !

Il attrapa la serviette que je lui tendais et essuya les quelques grains de riz qu'il avait laissés tomber sur la table.

— Je vais m'entraîner, dit-il, décidé.

Gus releva le nez de son bœuf aux oignons.

— Pourquoi ? Tu comptes aller à Tokyo ?

Victor hocha la tête.

— Je veux voir le pays des jeux vidéo.

— Oh ! d'accord. Tu aimes tant que ça les jeux vidéo ?

— Oui, je les adore. Ali m'a promis de m'emmener au Japon, un jour, pour mon anniversaire.

Je fis la grimace.

— Ouais, j'ai promis que je l'emmènerais pour ses dix ans... J'ai intérêt à me remuer, si je veux pouvoir honorer ma promesse !

— Tu sais que, moi, je suis déjà allé à Tokyo ? lança Gus à Vic, qui en abandonna ses baguettes, et le contempla, fasciné.

— Non ? Et alors ? C'était bien ?

Gus serra les mâchoires.

— C'était un peu spécial, mais amusant.

— J'ai trop hâte ! dit Vic, les yeux dans le vague.

— Pour être tout à fait honnête avec toi, reprit Gus, je préfère nettement New York à Tokyo. Tu connais New York ?

Vic hocha la tête.

— Oui, c'est aux États-Unis. Ahmed y est allé, une fois, avec son père, et il m'avait montré les photos. Les taxis, ils sont jaunes, là-bas.

— Ahmed, c'est son meilleur copain, précisai-je.

Gus hocha la tête, impressionné.

— Tout à fait. Tu en sais des choses, dis donc !

— Bof, à l'école je suis toujours le deuxième ou le troisième, je n'arrive pas à être premier...

— Ah bon ? Qui est premier ?

— Sarah, répondit Victor avec un peu d'amertume.

— Travaille plus et tu seras premier ! dis-je pour le narguer.

Il grimaça.

— Ouais, deuxième, c'est bien aussi, hein ?

Je secouai la tête, le sourire aux lèvres.

— Petit fainéant...

Il rit en croquant dans son nem qu'il avait couvert de sauce.

— Bon, alors, tu aimes les jeux vidéo, le Japon, les nems..., fit Gus en attrapant une nouvelle serviette qu'il tendit à Vic. Qu'est-ce que tu aimes d'autre ?

Victor s'essuya la bouche avec la serviette et réfléchit.

— Hum... les dinosaures, construire des villes pour mes bonshommes (il me jeta un regard accusateur que j'évitai habilement en me concentrant sur mes crevettes), et puis... le foot.

Je relevai le nez.

— Le foot ? Comment ça ? Depuis quand t'aimes le foot ?

— J'en fais des fois avec Méro !

— Mouais, il doit toujours te traîner sur le terrain

parce que tu préfères rester devant la télé ou sur ta console !

— Oui, mais maintenant, j'aime bien... Tonton Méro, il est trop marrant et il a plein de copines ! expliqua Victor à Gus.

Je me renfrognai.

— Il ne faut pas tout faire comme Méro, tu sais. Ni comme Clovis, d'ailleurs... Oh non, surtout pas comme Clovis, insistai-je en pointant des baguettes menaçantes en direction de Vic, qui haussa les épaules.

— Clovis, des fois, il me fait rire, mais souvent, il me fait peur.

— À moi aussi, il me fait peur, lâchai-je. Tu as des frères et sœurs, Gus ?

Je me levai et allai dans la cuisine nous chercher à boire.

— Non, je suis fils unique.

— Comme moi ! entendis-je Victor s'écrier.

J'attrapai deux bières et une bouteille d'eau plate. Je décapsulai les deux premières et revins au salon. Je tendis une des bières à Gus.

— Si tu préfères, j'ai du soda light ou de l'eau.

Il sourit en attrapant la bouteille.

— La bière me convient parfaitement.

Il leva sa boisson. Nous trinquâmes, puis je portai la mienne à mes lèvres.

Victor entama alors avec Gus une longue et

laborieuse discussion sur ses jeux vidéo préférés. Ce dernier écoutait avec patience ses histoires pas toujours très claires. J'essayais d'aider Vic à se faire comprendre en expliquant ses références ou en démêlant certaines de ses phrases un peu cafouilleuses. Gus semblait amusé et se prêtait avec gentillesse au jeu des questions-réponses. Pour être honnête, je n'aurais jamais eu sa patience avec un autre enfant que mon Victor.

— Bon, Vic, intervins-je, alors qu'il racontait pour la troisième fois de la soirée comment il avait gagné à Mario Kart contre le frère d'Ahmed. Il est tard maintenant : tu vas au lit. Zou !

— Oh ! non ! protesta-t-il. Y a pas d'école, demain !

— Je sais, mais il ne faut pas perdre le rythme, alors tu fais un bisou à Gus et tu vas te brosser les dents.

Il soupira, résigné, et se leva pour embrasser Gus sur la joue.

— Tu piques, lui fit-il remarquer, avant de s'éloigner vers la salle de bains.

Je le suivis. Il était grand et se débrouillait seul, mais j'avais l'habitude de le superviser. Une fois mis au lit, je l'embrassai avant de retourner au salon, où Gus m'attendait. Nous allions pouvoir parler sérieusement.

11

Gus m'attendait, assis par terre devant le canapé, Hug couché devant lui, à lui faire son numéro de charme pour grappiller quelques caresses. Je défis l'élastique qui retenait mes cheveux et les ébouriffai en traversant la pièce pour le rejoindre. Je me laissai tomber à côté de lui.

— Alors ? demandai-je avec appréhension.

— Ma foi… c'est un petit gnome adorable !

Je souris, à la fois fière et soulagée.

— Je te l'avais dit !

Gus regardait Hug.

— J'avais oublié que tu avais un deuxième homme dans ta vie !

— Ah, Hug… C'est pas une lumière !

Je caressai la tête de mon chien, qui se remit sur ses pattes d'un bond, prêt à jouer.

— Hug ? Comme le Capétien ?

Je pouffai en contemplant ma petite boule de poils couleur caramel.

À cinq ans, Vic m'avait demandé un chien, alors pour Noël j'avais écumé les petites annonces et trouvé ce petit machin. Aucune idée de son pedigree, mais il était gentil avec Vic, et c'était tout ce que je lui demandais. Il n'était pas très grand, ce qui lui donnait une allure de chiot pour l'éternité, et le bout de ses pattes et de sa queue semblait avoir été trempé dans de la peinture blanche.

— Allez, va coucher ! ordonnai-je à l'animal, qui se précipita sur son coussin. Si tu connaissais mon niveau de culture générale, tu saurais que ce n'est pas ça !

— Pourtant, dans ton job, tu…

— Dans mon job, je dois mettre un produit en valeur avec mon cul, alors si je ne sais pas mener un débat sur la situation économique de la Corée du Nord en anglais, ça n'a pas tellement d'importance.

Il rit doucement.

— OK, alors pourquoi « Hug » ?

— Bah, pour Hugo, en fait. Je trouvais que Victor et Hugo, c'était marrant. Ça faisait Victor Hugo… Mais les gens pensaient que je rabaissais Vic au rang d'animal de compagnie… Du coup, je l'appelle « Hug ».

— C'est dommage, c'était mignon.

— Oui, les gens sont cons, dis-je en reprenant ma bière.

Gus contemplait sa bouteille avec intérêt.

— Au fait, joli tatouage…

Je me tournai vers lui, outrée.

— Oh ! Espèce de… Tu l'as vu tout à l'heure, quand je me suis levée pour aller chercher à boire ? Avoue !

— J'avoue ! J'avoue ! fit-il en riant.

Je secouai la tête.

— Maintenant, je sais où tu promènes les yeux, quand j'ai le dos tourné… Bravo, c'est du propre, monsieur De Lantais !

J'avais un minuscule tatouage dans le bas du dos, un petit papillon que j'avais fait faire un été, du temps de ma folle jeunesse.

— Je plaide coupable, mais pour ma défense, tu es divine, ce soir.

Je me concentrai sur l'étiquette de ma bouteille. C'était un terrain glissant : nous étions là, tous les deux, en tête à tête, dans mon salon, et l'ambiance était bizarrement électrique.

— Ta… Ta femme ne va pas s'inquiéter de ne pas te voir rentrer ? demandai-je dans l'espoir de refroidir l'ambiance.

Il sourit tristement en regardant ses pieds.

— Non, je ne crois pas.

— Vous êtes mariés depuis longtemps ? osai-je demander.

Après tout, j'avais le droit de savoir, si je devenais la maîtresse... Il soupira.

— Huit ans.

J'écarquillai les yeux. Ma réaction le fit rire.

— Et toi ? enchaîna-t-il. Parle-moi un peu de cet homme peu scrupuleux qui t'a abandonnée avec son fils ?

Je vacillai. Merde, je ne pensais pas qu'il oserait, personne n'osait jamais poser cette question !

— Heu... eh bien, en fait... je..., bredouillai-je, le rouge aux joues.

Il me regardait par en dessous, dans l'attente.

— Tu... ?

— Je... c'était il y a longtemps et...

— Attends, tu es en train de me dire que... tu ne sais pas qui est le père de ton fils ? demanda-t-il, horrifié par cette éventualité.

— Non, non, c'est pas ça ! protestai-je vivement. C'est qu'en fait... c'est un acteur célèbre qui... Non, non, plutôt un homme d'affaires étranger contraint de...

Son regard était en train de changer, et je ne le supportais pas. Je soupirai, les épaules affaissées.

— Bon, écoute, tu peux garder un secret ?

— Heu... oui, bien sûr.

Je pris une profonde inspiration, le regard droit devant moi.

— Je ne suis pas sa mère.

— Qu… mais… c'est… comment ? bafouilla Gus, abasourdi.

Je soufflai en regardant ma bouteille.

— J'avais une copine, Déborah. C'était ma meilleure amie au collège. Un jour, elle m'a appelée pour me demander de l'accueillir quelques jours. J'ai accepté, bien sûr. Je ne savais pas qu'elle avait eu un petit garçon, mais elle était tellement désespérée… J'allais pas la foutre à la porte avec son bébé !

Si j'avais su où toute cette histoire me mènerait, j'aurais probablement réfléchi à deux fois avant de l'accueillir sous mon toit.

— Elle avait toujours des problèmes de fric, repris-je. C'était le genre de fille à traîner avec celui qu'il ne faut pas. Elle partait souvent plusieurs jours en me laissant Victor. Je hurlais, menaçant de la foutre à la porte, mais chaque fois elle revenait en pleurant, m'expliquant que le nouvel amour de sa vie s'était encore tiré avec une autre…

J'avais le regard dans le vide, absorbée par mes souvenirs.

— Et puis, un jour, elle est partie… et elle n'est jamais rentrée. Elle n'a même pas pris le temps de dire au revoir à Vic, ou d'embarquer des affaires, rien.

De ce que je sais, elle s'est barrée à l'étranger avec un pseudo chanteur de metal accro au crack. Je ne crois pas que ce soit lui le père du petit... Enfin, j'en sais rien. Pour être honnête, on n'en a jamais parlé. Au début, on l'a attendue. Je pestais en m'occupant de ce sale moutard qui me tombait sur les bras, alors que, moi-même, j'avais toujours pris mes précautions pour m'éviter ce genre d'emmerde... Mais comment laisser pleurer un petit garçon de deux ans le soir, quand il appelle sa mère dans son lit ?

Je marquai une pause, émue.

— Comment Victor a... géré son absence ?

Je souris.

— Au début, il espérait son retour. Pendant presque deux mois, tous les jours après son bain, il s'asseyait là, devant la porte d'entrée, et il y restait jusqu'à ce que je vienne le chercher pour manger. Et puis... un jour, il a cessé. Il s'asseyait dans le salon pour regarder la télé avec moi. Par terre d'abord, puis à côté du canapé, finalement, sur le canapé, sur mes genoux...

Gus sourit discrètement. J'évitai de croiser son regard, que je devinais accusateur. Parce que j'avais commis des erreurs dans cette histoire, des erreurs que je paierais sans doute très cher un jour.

— Je ne voulais pas m'attacher. Ce n'était pas mon fils, il n'était pas de ma famille, je n'étais personne pour lui, et il n'y avait aucune raison de créer des liens entre nous. Il ne fallait surtout pas créer de liens, d'ailleurs ! Alors, j'essayais de maintenir une distance, d'éviter une quelconque intimité. Et puis… un jour, il est tombé malade. Il avait beaucoup de fièvre et j'ai pété un câble. J'ai couru aux urgences. Là-bas, on m'a demandé si j'étais sa mère… et j'ai répondu oui.

Je marquai une nouvelle pause pour me remettre de ce souvenir douloureux. Gus m'observait, silencieux.

— Aujourd'hui, pas une journée ne passe sans que j'aie peur, dis-je en m'affalant contre le canapé.

— Ah, c'est comme ça, les enfants. Beaucoup de soucis !

Je lâchai un petit rire.

— Non, non, c'est pas ça. J'ai peur qu'on me l'enlève. Je ne suis personne pour lui. Si, demain, sa mère, ou même son père qui n'a même pas pris la peine de le reconnaître, débarque, il partira. Et moi… je pourrai seulement pleurer.

Il ricana.

— Quoi ? demandai-je, un peu agacée de son air moqueur.

— Rien, c'est juste que… je t'imagine assez mal pleurer.

Je souris.

— Ça m'arrive, pourtant. Mais je suis fière de dire que c'est pas souvent.

Il réfléchit quelques instants.

— Tu devrais peut-être entamer une procédure d'adoption. Si la mère est partie depuis si longtemps, elle pourrait être déchue de ses droits parentaux, et tu…

— C'est compliqué, l'interrompis-je. Les démarches, les assistantes sociales, les psys, la Ddass qui voudra faire une enquête, la famille de Déborah qui cherchera sans doute à le récupérer… C'est un petit bonhomme sensible, qui n'a pas besoin qu'on détruise encore ses repères. Si on l'envoie dans un foyer ou vivre chez des gens qu'il ne connaît pas, il sera perdu, il ne s'en remettra pas. Moi non plus, je ne m'en remettrai pas.

Gus inspira profondément.

— Tu devrais prendre conseil auprès d'un avocat.

Je ris nerveusement avant d'avaler une gorgée de bière.

— Alors là, j'ai carrément pas les moyens ! Déjà que je galère pour ses anniversaires…

Il me jeta un regard plein de tendresse. Mon cœur se serra.

— Ah, Gus… faut que je te dise un truc.

— Je t'écoute, répondit-il, intrigué par mon air sérieux.

Je me concentrai quelques secondes pour trouver le courage.

— Je suis folle de toi.

Il sembla agréablement surpris par ma déclaration.

— Ah oui ?

— Ouais. Quand je te vois, j'ai tout le bordel : le cœur qui bat, les tremblements, la respiration qui s'accélère, l'excès de salive...

— L'excès de salive ?

— Ouais, je bave, quand je suis amoureuse.

Il rit et je m'aperçus qu'il avait rougi.

— Je pense tout le temps à toi, continuai-je. Je regarde par la fenêtre et je me dis : « Tiens, qu'est-ce qu'il fait, maintenant ? »

Ma voix geignarde le fit rire de plus belle.

— Et puis, je n'arrête pas de repenser à la nuit qu'on a passée tous les deux, forcément.

Il pinçait les lèvres pour s'empêcher de sourire trop franchement.

— Mais, tu vois, c'est pas seulement sexuel. Ce que j'ai vraiment aimé, c'est... ce... ce truc entre nous.

— Quand je t'ai embrassée ?

Je ris, un peu gênée.

— Oui, aussi... Bref, je crois que je suis amoureuse de toi. Et ça me fait un peu peur parce que...

J'étais tiraillée. Mon cœur hurlait « Fonce ! » ; ma raison m'ordonnait « Arrête ! ».

— Parce que... ? m'invita-t-il à continuer.

— Parce que je ne dois pas !

Je fermai les yeux pour essayer d'oublier à quel point il me plaisait.

— Ah bon ? Et pourquoi tu ne dois pas ? demanda-t-il d'un drôle de ton.

Je rouvris les yeux.

— Tu es marié, dis-je comme s'il était demeuré. Je ne couche qu'avec ce genre de type, alors s'il y a bien une chose certaine, c'est : « Ne tombe pas amoureuse, parce que, contrairement à tout ce qu'il va te raconter, sa rombière, il ne la lâchera jamais ! »

Il reporta son attention sur sa bouteille, crispé.

— Écoute, Ali, commença-t-il avec lenteur, pour être tout à fait honnête avec toi, je ne suis pas vraiment marié.

Il abandonna sa bouteille entre nous, et je fronçai les sourcils.

— Alors c'est quoi, ça ? demandai-je en désignant son alliance.

Je me figeai en comprenant, trop tard.

— Oh ! merde, tu es... veuf ? Je suis désolée, Gus, je ne sa...

— Non, non, me coupa-t-il en levant la main. Je ne suis pas veuf, mais encore marié. Plus pour très longtemps.

— Tu es... Tu es en instance de divorce ?

Il acquiesça d'un discret signe de tête.

— Pourquoi tu m'as raconté que t'étais marié ? demandai-je, outrée.

— Tu m'avais dit que tu ne sortais qu'avec des hommes mariés, je n'allais pas t'apprendre que je ne l'étais plus vraiment !

— Mais... c'est dégueulasse !

— Heu... Normalement, tu es censée te sentir soulagée, là.

— Non ! Tu m'as menti, c'est pas juste !

Il rit.

— Qu'est-ce que ça peut faire ? Tu es libre, moi aussi. N'est-ce pas la seule chose qu'il faut retenir ?

J'ouvris la bouche pour l'engueuler encore, puis la refermai.

Je me sentais légère tout à coup. Légère et soulagée. Il n'était plus le mari d'une autre, non, c'était juste un type super qui me plaisait et à qui je semblais plaire. Toutes les inquiétudes des jours précédents venaient de s'envoler en quelques mots.

Nous échangeâmes alors un regard traduisant toute l'attirance que nous ressentions l'un pour l'autre. Je me penchai un peu dans sa direction pour le sentir un peu plus et... heurtai la bouteille qu'il avait posée entre nous une minute plus tôt, renversant son contenu sur la moquette.

— Et merde !

Je me relevai en quatrième vitesse pour récupérer un paquet de serviettes, puis tentai d'absorber un maximum de liquide.

— Quelle conne..., pestai-je contre moi-même.

Je me moquais de la moquette qui en avait vu d'autres avec Vic. Mais je venais de ruiner un moment précieux, le genre d'instant romantique qui ne reviendrait pas.

Gus m'attrapa la main et m'obligea à lâcher mes serviettes maculées de bière. Je levai les yeux vers lui. Il ne riait plus. Je me laissai tomber contre lui, totalement sous le charme, et fermai les yeux au moment où ses lèvres trouvèrent les miennes. Je fis glisser mes mains sur sa nuque en tentant de contrôler au mieux mes tremblements. Sa main se posa sur ma taille, ce qui déclencha chez moi un soupir de satisfaction aigu et ridicule. Pourquoi est-ce que, dès qu'il me touchait, tout déconnait comme ça ?

Ses lèvres atteignirent mon cou. Mon cœur battait beaucoup trop vite et j'avais toutes les peines du monde à organiser mes pensées. Il insinua alors les doigts dans mon dos, sous mon débardeur. Ma respiration s'emballa.

— Tout va bien ? demanda-t-il, un peu inquiet.

Je restai blottie contre lui, à bout de souffle.

— Oui, dis-je d'une drôle de petite voix. Je suis désolée... je... je me sens... bizarre.

Il m'embrassa gentiment sur la joue.

— C'est ma faute ? s'enquit-il avec une pointe de satisfaction.

— Oui... non, enfin... Je comprends pas trop. Quand je suis avec toi... tout se mélange.

— Ça fait longtemps que tu n'as pas eu quelqu'un, peut-être ?

Il repoussa mes cheveux. La sensation de ses doigts courant sur ma nuque me fit frémir. Je secouai les épaules pour essayer de me débarrasser de cette étrange sensation.

— Six mois sans sexe, deux ans sans mec, mais je ne sais pas... je ne laisse jamais personne me toucher comme toi, alors peut-être que je suis juste en manque.

Il pencha la tête sur le côté.

— Six mois, hein ? Petite joueuse !

Je souris en songeant que lui non plus n'avait pas dû beaucoup « profiter de la vie », ces dernières années.

— Combien, toi ? demandai-je sans gêne.

— Hum, eh bien... en comptant les quatre derniers mois, je dirais... un an et... cinq mois. Enfin, jusqu'à vendredi dernier.

J'affichai un sourire satisfait : j'étais certainement la première depuis que sa femme et lui s'étaient séparés et, sans me l'expliquer, j'aimais bien cette idée. J'avais le sentiment d'être importante.

— Pourquoi tu ne laisses jamais personne te toucher ?

— Eh bien, pour résumer... ça m'évite de tomber amoureuse.

Il m'interrogea du regard.

— Oui, poursuivis-je, un peu gênée par mes théories fumeuses. Si j'ignore le plaisir que peuvent me procurer les caresses d'un homme, je me dis que je ne tomberai pas amoureuse de lui et que je pourrai continuer à vivre ma vie comme elle est.

— Ah. C'est plutôt... original comme raisonnement.

— Ouais, enfin, ça, c'était avant vendredi dernier. Avant qu'un petit coquin ne se détache et me fasse vivre... la meilleure nuit de ma vie.

Je plongeai les yeux dans les siens en me mordant discrètement la lèvre inférieure. Il sourit et s'approcha plus près. Beaucoup plus près, jusqu'à ce que ses lèvres touchent les miennes. Mon pouls prit de la vitesse à mesure que notre baiser s'intensifiait. J'attrapai le premier bouton de sa chemise pour le défaire. Il s'éloigna pour pouvoir parler.

— On ferait peut-être bien de fermer la porte, non ?

Le battant était en effet grand ouvert et donnait sur le couloir et la chambre de Vic.

— Oh ! oui, soufflai-je en retrouvant quelque peu mes esprits.

J'abandonnai Gus pour fermer la porte et donner un

tour de clé. Je ne me reconnaissais plus ! Je tremblais, anxieuse, soudain... Pourquoi ? J'avais l'habitude de coucher avec des hommes, et depuis un moment, alors pourquoi est-ce que là, quand c'était important pour moi d'assurer, ça n'allait plus ?

Je me frottai nerveusement les mains.

— Un problème ? demanda-t-il, intrigué.

— Je suis... stressée.

Il se leva pour me rejoindre.

— Pourquoi ? J'espère que c'est encore ma faute...

Je ne ris pas avec lui, inquiète.

— Eh bien... je viens de t'avouer que j'étais amoureuse de toi, mais...

— Mais... ?

— Toi, tu n'as rien dit.

Il attrapa mes mains qui tremblaient toujours autant. Il semblait très concentré, tout à coup.

— Ali... J'ai été marié pendant huit longues années et...

Il s'arrêta en me voyant faire la moue.

— Quoi ?

— Non, non, continue. Pour l'instant, je trouve que c'est une drôle de façon de s'exciter, mais chacun son truc.

Il baissa la tête en riant.

— Sérieux, Ali, c'est possible d'être un tout petit peu romantique avec toi ?

— Nan, mais... en fait, je voudrais juste savoir si... si toi aussi, tu ressens la même chose que moi, ou quelque chose qui s'en approche, ou bien si...

Je m'arrêtai là, appréhendant la suite. Il prit le temps de réfléchir quelques secondes. Quelques secondes qui me parurent durer une éternité.

— T'es en train de réfléchir à la réponse qui me ferait le moins peur...

— Exactement.

Je serrai les mâchoires.

— Je crois que les deux réponses me feraient tout autant flipper...

— Alors, disons juste que... si j'ai ressenti ces sentiments-là un jour, je ne m'en souviens pas. Moi aussi, je n'arrête pas de penser à toi et à notre nuit à l'hôtel.

Je secouai la tête, sous le charme. Cette petite déclaration voulait tout dire et rien dire à la fois, et c'était exactement celle dont j'avais besoin. Je me jetai à son cou pour l'embrasser. Il sembla un peu surpris par mon enthousiasme.

— Je retire tout ce que j'ai dit : tu sais vraiment ce qui fait vibrer une femme, haletai-je en le ramenant violemment à moi.

Il rit contre mes lèvres et attrapa mon débardeur pour me le retirer. Je tentai de défaire les boutons de sa chemise, mais je n'avais jamais été aussi gauche pour déshabiller un homme. Pourtant, j'en avais déshabillé quelques-uns, mais là... là... Il me faisait complètement disjoncter !

Sa main glissa sous ma brassière.

— Gus, attends... attends... Faut déplier... le lit, expliquai-je entre deux souffles.

Il me lança un regard de chenapan avant de reprendre ses baisers au creux de mon cou. Je fermai les yeux en m'agrippant à ses cheveux, perdant une nouvelle fois les pédales.

— On verra après, me chuchota-t-il à l'oreille.

Oh oui, deux fois... Au moins, deux fois !

Je me laissai tomber sur le canapé et tentai de l'entraîner avec moi. Il résista.

— Heu...

Il semblait gêné tout à coup.

— Quoi ? Qu'est-ce que... Oh ! Déjà ? C'est pas grave, Gus, tu sais, ça arrive à tous les hommes, et puis, on peut faire plein d'autres trucs super sympa ! dis-je en déposant un baiser sur ses lèvres.

Il baissa la tête en riant.

— Non, en fait, c'est juste que je n'ai pas de...

— T'as pas de... ?

— Bah...

Je le fixai cinq secondes avant de comprendre enfin.

— Aaaaah ! T'as pas de... ?

— Voilà.

— Mais moi, j'en ai ! dis-je en sautant du canapé pour courir à la salle de bains.

J'étais excitée comme une puce et ça n'avait rien de très étonnant : je m'apprêtais à passer un merveilleux moment avec l'homme dont j'étais amoureuse, et je n'avais pas connu ça depuis... je ne me souvenais même plus !

J'entrai dans la minuscule salle d'eau et attrapai la boîte que je cachais au-dessus de l'armoire de toilette afin que Vic ne tombe pas dessus et ne pose pas de questions. Je retournai ensuite dans le salon en prenant soin de refermer la porte derrière moi. Je me dirigeai vers la table basse où je vidai maladroitement la boîte, étalant les quatre préservatifs restants.

— Et voilà !

— Quatre ? Hum, tu es... optimiste.

— Oh ! non, non, enfin... je ne veux pas te mettre la pression !

J'expirai longuement en fermant les yeux, une main sur la taille, l'autre me pinçant l'arête du nez.

— Ça ne va toujours pas ? s'enquit-il.

Je rouvris les yeux.

— Je suis désolée, Gus, mais... j'en ai vraiment, VRAIMENT très envie, là.

Il fronça les sourcils.

— Ça t'arrive souvent de te retrouver dans cet état ?

— Non, c'est toi : tu me rends dingue ! En fait,

je crois que j'ai envie de te retirer ta chemise depuis que tu m'as avoué que tu n'étais pas vraiment marié !

Il m'attrapa par la taille et déposa un baiser dans mon cou. Je recommençai à respirer n'importe comment.

— Eh bien, vas-y, retire-la, murmura-t-il.

Je me jetai sur lui et le fis tomber à la renverse sur le canapé.

12

Au petit matin, j'ouvris les yeux sous l'effet d'une agréable sensation. Un geste banal, agaçant peut-être même pour certaines, mais qui, pour moi, était la plus belle sensation au monde : celle de sa main posée sur ma taille.

Ma dernière relation un petit peu sérieuse avait été Julian, et autant dire que, avec lui, les petits gestes tendres, c'était l'overdose. C'était trop, en permanence et en surabondance. C'en était devenu tellement excessif que ça n'avait plus aucun sens ! Dès que nous étions ensemble, il fallait qu'il me tripote, qu'il me touche, me caresse ou m'embrasse. J'avais dû faire une mise au point pour qu'il arrête devant Vic, mais il m'avait alors sorti toute une tirade sur le besoin qu'il avait d'exprimer ses sentiments. Pourtant, malgré toutes ses démonstrations d'affection, il ne m'avait jamais touchée de cette façon-là : douce, légèrement possessive et tellement électrisante !

Je posai ma main sur la sienne en laissant échapper un soupir de satisfaction. Ses lèvres se pressèrent dans mon cou.

— Bonjour, me glissa-t-il à l'oreille.

Je souris en me tournant vers lui.

— Bonjour.

Mon cœur rata un battement au moment où mes yeux croisèrent les siens. Il se pencha pour m'embrasser. Je me laissai faire.

— Bien dormi ? demandai-je tout bas.

Il rit.

— Pas beaucoup, mais oui, sinon, bien dormi.

— Ali ? appela une petite voix de l'autre côté de la porte.

Je me redressai sur les coudes et regardai bêtement la porte. Je jetai ensuite un coup d'œil à Gus qui me fixait, inquiet.

— Ali ? J'ai faim, reprit Victor en frappant doucement à la porte que j'avais fermée à clé la veille.

Gus et moi sautâmes du lit quasiment en même temps, ramassant les vêtements de l'un pour les jeter à l'autre. Je m'éclaircis la gorge en réajustant le lacet qui retenait mon short.

— Oui, mon petit loup, excuse-moi, je n'avais pas vu l'heure. J'arrive !

Je rabattis grossièrement les couvertures et repliai le canapé-lit pendant que Gus terminait de se rhabiller. Je ramassai le dernier préservatif qui avait échappé à la tempête de la nuit pour le cacher sur l'une des étagères du haut.

Gus, habillé à présent, se tenait debout, au garde-à-vous, au milieu du salon. Je sentis mes jambes ramollir : sa simple présence dans mon appartement me donnait des petits frissons partout ! Je secouai la tête et me dirigeai vers la porte pour l'ouvrir. Victor, l'air suspicieux, parcourut la pièce du regard.

— Des Miel Pops, comme d'habitude ? demandai-je dans une misérable tentative de détourner son attention de Gus.

— Oh ! bonjour ! s'écria Vic en se dirigeant vers lui.

— Salut, bonhomme !

Puis il se tourna vers moi.

— Miel Pops, ça me va.

Je l'attrapai par la main et l'emmenai dans le coin cuisine. Gus nous emboîta le pas, les deux mains dans les poches de son pantalon fraîchement revêtu.

— Gus a dormi à la maison ? demanda Victor, étonné, en s'installant à table.

— Oui, confirmai-je en posant un bol devant son nez. Tu veux du lait chaud ou froid ?

Je m'efforçai d'être la plus naturelle possible.

— Froid, répondit-il.

J'ouvris le réfrigérateur et en sortis une bouteille de lait que je posai près de lui. Il semblait absorbé par ses pensées.

— Gus, un café ?

— Euh, oui, avec plaisir.

Il attrapa la chaise située juste en face de Victor et la tira pour s'asseoir. Je me dirigeai vers la cafetière.

— Mais… il a dormi où ? demanda Victor, les sourcils froncés.

— Par terre, répondis-je sans réfléchir.

Je sortis le paquet de céréales du placard et le glissai près de Vic. J'attrapai ensuite deux mugs que je remplis de café. Je tendis l'un d'eux à Gus, qui me remercia d'un discret signe de tête.

— Mais…, insista Vic en reposant la bouteille de lait sur la table. Il a dormi… comme quand Julian dormait avec toi ? Ou bien, il a vraiment dormi par terre ?

Gus me jeta un regard interrogateur. Parler de ma seule et unique histoire sérieuse avec l'homme que je fréquentais officiellement depuis quelques heures à peine ? Voilà une situation qui ne me mettait pas du tout mal à l'aise… PAS. DU. TOUT.

— Dernière histoire sérieuse. Petit ami de lycée. On a rompu il y a deux ans. Me laisse encore des messages inquiétants sur mon répondeur, enchaînai-je très rapidement sans le regarder.

Je pris une gorgée de café, histoire de me laisser le temps de trouver la bonne réponse pour Vic. Gus prit l'initiative.

— Je crois que… c'était comme Julian, dit-il en riant.

Je plissai les yeux.

— Ah, OK, répondit Victor, que la nouvelle ne sembla pas perturber.

Il n'y avait plus un bruit dans la cuisine, excepté celui de la mâchoire de Victor broyant ses céréales.

— Tu vas te marier avec Gus ? demanda-t-il en levant le nez vers moi.

Je crachai mon café en même temps que Gus.

— Hum, non, non, déclarai-je en toussant et en attrapant une serviette pour m'essuyer la bouche. C'est juste que… qu'on… qu'on…

Je fis de grands gestes avec ma tasse, incapable de trouver la suite.

— Oui, c'est juste qu'on est…, tenta d'expliquer Gus, en vain.

— Oui, voilà, exactement, on est…

— Vous êtes quoi ? demanda Victor, qui s'impatientait.

Gus se gratta la nuque.

— Eh bien, on est… on est… amoureux ? termina-t-il d'une petite voix fluette.

— Ah, non ! protestai-je.

— Non ? s'enquit Gus, soudain inquiet.

— Non… enfin, si ? demandai-je avec espoir.

Gus afficha un sourire gêné.

— Si, confirma-t-il pour Vic.

Celui-ci sembla satisfait de la réponse et reprit le cours de son petit déjeuner. Je réalisai tout à coup que, moi aussi, j'aimais bien cette réponse.

— Et tu repars bientôt ? demanda Victor à Gus.

— Vic ! le houspillai-je.

Gus rit doucement.

— Pourquoi ? Tu as envie que je m'en aille ?

— Ah ! non, non, pour une fois qu'Ali a un copain, je suis content.

Gus me jeta un regard amusé. Moi, je trouvais la situation nettement moins drôle que lui.

— Arrête avec ça ! dis-je à Vic avec une petite tape sur son épaule. J'ai déjà eu des copains.

Victor fit la moue.

— Ouais, Julian, mais c'était y a super longtemps.

— Je… J'ai eu… d'autres copains, mais je pensais que ce n'était pas bien de te les présenter.

Sa façon de penser que j'étais désespérément seule me vexait.

— Ah bon ? fit-il en se tournant légèrement pour me faire face. Mais… t'en as eu combien ?

Il me fallut quelques secondes pour encaisser la question et, surtout, ne rien laisser transparaître de la réponse. Ma cuisine n'avait jamais été aussi silencieuse.

— Bon, finis tes céréales, puis tu iras t'habiller.

Vic m'obéit, résigné à ne pas obtenir de réponse. Gus posa sa tasse sur la table.

— Dites-moi, vous faites quelque chose, tous les deux, aujourd'hui ?

Je baissai rapidement les yeux vers Victor, qui n'attendait que de croiser mon regard. En une fraction de seconde, nous avions passé notre accord.

— Absolument rien de prévu ! dis-je avec naturel.

— Rien du tout ! approuva Vic.

La piscine municipale pouvait bien attendre une semaine de plus : Vic ne commencerait pas les cours de natation avant au moins trois bonnes semaines.

— Bon, alors, si ça vous dit, on pourrait passer la journée ensemble ? Je connais un endroit où l'on pourra jouer à des jeux vidéo.

Victor sauta littéralement sur sa chaise, manquant de peu d'envoyer valser son bol de céréales.

— Vraiment ? lui demanda-t-il en le dévorant des yeux.

Gus se mit à rire.

— Oui, vraiment.

— Trop bien ! Je vais m'habiller !

— Hey ! Mais… Vic, et ton petit déjeu…

Je n'avais pas terminé ma phrase que monsieur

était déjà sorti de la pièce. J'entendis la porte de sa chambre claquer.

— J'aimerais que ce soit comme ça tous les matins !

— Tu ne m'en veux pas ?

Je me tournai vers Gus.

— De... ?

— D'avoir fait cette proposition à Vic.

J'abandonnai ma tasse sur la table de la cuisine, allai me placer en face de lui et plaquai les deux mains sur ses joues légèrement râpeuses.

— Je serais bien bête de t'en vouloir, dis-je en me collant à lui.

Vu qu'il était assis et moi debout, il avait une vue imprenable sur le meilleur de ma personne.

— Et puis, on aura bien un moment ou deux rien qu'à nous, ajoutai-je en me penchant vers lui.

Ses mains caressaient ma taille.

— J'y compte bien, chuchota-t-il avant de me laisser l'embrasser.

— Maman, je trouve pas de pantalon ! Et elles sont où, mes chaussettes ?

Je baissai la tête, abandonnant ses lèvres.

— Le devoir m'appelle...

13

Je marchais près de Gus sur mes talons de treize centimètres. Jeans ultra-serré mettant en valeur mon popotin, T-shirt noir moulant, veste courte, cheveux lâchés et créoles XXL, probablement pas l'accoutrement idéal pour une sortie familiale, mais tant pis ! Je n'avais jamais autant eu envie de me faire belle, et le regard que Gus m'avait jeté au moment où j'étais sortie de la salle de bains me laissait penser que j'avais fait les bons choix.

— Vic, tu nous attends ! criai-je à mon loupiot qui débordait d'énergie.

Je calai ma cigarette au creux de mes lèvres et l'allumai.

— Dis-moi, ça te dérange si on passe par chez moi ? me demanda Gus. J'aimerais me changer.

J'expirai la fumée, hésitante.

Après tout, s'il se sentait suffisamment à l'aise pour rentrer chez lui pendant que nous l'attendrions dans la voiture, je ne voyais pas de raison de refuser.

— Pas de souci, répondis-je donc.

— Merci.

Je le regardais marcher à côté de moi. J'avais rarement rencontré quelqu'un qui me plaisait autant physiquement. Je l'appréciais bien sûr pour toutes ses qualités intérieures, mais bon Dieu ce que l'extérieur pouvait me faire de l'effet !

— Combien de temps te faudrait-il pour récupérer la barbe que tu avais le jour où on s'est rencontrés ?

J'avais adopté un ton désinvolte. Il ricana en se frottant le menton.

— OK, j'ai compris le message : pas de rasoir.

— C'est laquelle, ta voiture ? cria Victor en arrivant sur le trottoir.

Gus appuya sur la clé qu'il avait à la main. Les phares de la grosse voiture allemande avec laquelle il m'avait ramenée chez moi une semaine plus tôt s'allumèrent.

— WAHOU ! s'extasia Victor en s'approchant du véhicule.

Il ouvrit la portière arrière pour s'installer. J'accélérai le pas pour le rejoindre et l'aidai à boucler sa ceinture.

— Hey, Ali, c'est quand même vachement mieux que ta Fiat !

Je posai l'index sur mes lèvres pour lui faire signe de se taire. Il m'adressa un regard entendu. Je n'avais pas honte de ce que j'étais, mais je n'en étais pas fière non plus, et je ne souhaitais pas me ridiculiser devant Gus. Il saurait la vérité bien assez tôt.

J'écrasai ma cigarette par terre avant de m'installer à l'avant.

— T'habites où ? s'enquit Victor auprès de Gus, qui prenait place au volant.

— À Paris.

Victor hocha la tête.

— Ça doit être bien de vivre à Paris. On y va le mercredi avec Ali pour promener Hug.

Je me concentrai exagérément sur la boucle de ma ceinture de sécurité. Pas la peine de rappeler le magnifique épisode de l'agression pour crime de sandwich au jambon...

Gus ricana en s'insérant dans la circulation.

— Oui, il me semble qu'on s'est déjà croisés. Vous voulez manger quelque chose de particulier, à midi ?

Vic haussa les épaules.

— Ce que vous voulez.

— On n'est pas difficiles ! ajoutai-je Gus.

Il jeta un coup d'œil à Vic dans le rétroviseur.

— Qu'est-ce que tu aimes manger, Vic ?

— Moi, ce que je préfère, c'est le gratin de macaroni d'Ali !

Je ris.

— T'es adorable, mon lapin.

— Mais j'aime bien quand tu fais du poulet aussi… ou ta tarte aux abricots… et ton marbré, et tes pizzas, et les petites carottes avec le persil et… en fait, j'aime tout ce que fait Ali !

— Eh bien… tu en cuisines, des choses ! fit Gus.

— Un peu, reconnus-je, le rose aux joues.

— Valérie, elle dit qu'Ali devrait faire de la cuisine et qu'elle deviendrait très riche, parce qu'elle fait ça trop bien, expliqua Vic.

— Oui, mais Valérie, elle ne comprend pas que faire à manger et ne pas manger, ce n'est pas très compatible, lui expliquai-je, agacée de constater que ma mère lui faisait un lavage de cerveau dans mon dos.

— Qui est Valérie ? voulut savoir Gus.

— Ma mère.

— Méro, il dit même que tu cuisines mieux qu'elle !

Je levai les yeux au ciel.

— Peut-être, mais on s'en fiche ! J'ai pas envie de cuisiner, point. Ils ne vont pas m'y obliger, non plus !

Vic baissa le nez, penaud.

— Moi, j'aime bien quand tu cuisines.

— Oui, mais toi, je te cuisine tout ce que tu veux, quand tu veux, mon chaton ! le rassurai-je.

— Tu en as de la chance ! dit Gus à Vic en le regardant dans le rétroviseur. Alors, ta grand-mère, c'est Valérie, et ton oncle, c'est... Méro, c'est ça ?

Vic approuva d'un signe de tête.

— Oui, il est trop génial, mais il est pas souvent là, parce qu'il est marin. Y a aussi Clovis. Il vit encore chez Valérie alors qu'il est grand. Il dort tout le temps et il s'habille pas. C'est bizarre.

Je soupirai en regardant par la fenêtre.

— Et puis, y a Hugues aussi, continua Victor. Mais je le connais pas trop, Hugues. Il vit loin, il vient que pour Noël, et à chaque fois, il se dispute avec Ali.

— Hugues, c'est le roi de co... hum, des imbéciles.

Mon commentaire fit rire Gus.

— Ça en fait, une grande famille, dis donc !

— Oui, mais, en fait, Giani, c'est que le papa d'Ali et de Clovis, c'est pas le papa de Méro et Hugues, précisa Victor.

Gus m'adressa un regard interrogateur. Je souris.

— Famille recomposée. Ma mère aimait l'amour et, le moins qu'on puisse dire, c'est qu'elle a bien profité de la vie !

— Moi, j'aimerais bien une petite sœur, comme Ahmed, mais Ali, elle veut pas...

Je piquai un fard.

— Vic, je te l'ai déjà dit : pour avoir un bébé, il faut un papa.

— Bah, t'as Gus maintenant !

Je plissai les yeux. Gus, de son côté, affichait un sourire crispé.

— Ce n'est pas si simple… Gus ne serait peut-être pas d'accord, déjà. Ensuite, t'es gentil, j'ai que vingt-neuf ans, alors j'ai bien le temps ! Crois-moi, être enfant unique, ça a ses avantages, dis-je en repensant à ma jeunesse et à mes frères aînés qui ne me ménageaient pas.

— C'est nul d'être tout seul, lâcha tristement Vic, les yeux rivés à la fenêtre.

Je ne dis rien, me contentant de me mordre les lèvres.

— Et alors, ton copain Ahmed… Raconte-moi un peu comment vous vous êtes rencontrés, relança habilement Gus.

Victor se mit à parler de son ami en long, en large et en travers, de tout ce qu'ils aimaient faire ensemble, de la famille de celui-ci et du fait qu'il ne comprenait pas bien pourquoi Ahmed ne mangeait pas de jambon, mais que ça avait à voir avec Dieu, ou un truc comme ça. Gus semblait toujours prendre autant de plaisir à discuter avec mon Victor, et ça me faisait du bien de les voir sympathiser.

Arrivé dans le 15e arrondissement, Gus arrêta sa voiture sur une place réservée aux livraisons et alluma ses feux de détresse.

— Je reviens vite, nous dit-il en détachant sa ceinture. Je te laisse les clés sur le contact, en cas de souci.

— Ça marche, mais méfie-toi : ta voiture me plaît bien, et si elle n'est plus là quand tu reviens, n'en déduis pas forcément que les contractuelles sont passées par là ! plaisantai-je.

Il rit en faisant claquer sa portière et traversa la rue pour disparaître derrière l'immense porte d'un immeuble tout aussi cossu que celui devant lequel nous étions garés.

— C'est super beau, fit remarquer Vic.

J'approuvai d'un hochement de tête.

— Ça doit coûter très cher de vivre ici.

Victor réfléchit quelques instants, observant l'immeuble où vivait sans doute Gus.

— Ce serait bien que tu te maries avec lui : il est riche, t'aurais plus à t'inquiéter pour l'argent.

Je soupirai en me tournant vers lui.

— Vic, on ne se marie pas avec les gens parce qu'ils ont des sous. Et puis, je ne m'inquiète pas pour l'argent : tout va bien !

Il me regarda avec son petit air perdu.

— Non, mais c'est surtout parce que je le trouve gentil.

Je lui souris.

— Tu trouvais Julian super aussi, tu te souviens ?

— Je sais pas, je m'en souviens pas trop.

Je tendis la main pour lui caresser la joue.

— Moi aussi je trouve Gus super, Vic. Mais il ne faut pas que tu imagines trop de choses avec lui.

Il fronça les sourcils.

— Comment ça ?

— Eh bien, tu vois, Valérie ? Elle est tombée amoureuse plusieurs fois : il y a eu le papa de Méro et Hugues, puis le papa de Clovis et moi.

— Papy Giani ?

— Oui. Elle a changé, tu vois ?

Il hocha la tête, mais je pouvais voir dans ses yeux qu'il ne comprenait pas.

— Pour Gus et moi, c'est pareil. Peut-être que... qu'un jour, il changera d'avis et qu'il tombera amoureux d'une autre personne. Tu comprends ce que je veux dire ?

— Mais... pourquoi il changerait ? demanda-t-il avec une petite pointe de désespoir au fond de la voix qui me fit rire.

— Eh bien, parce que je suis trop comme ci et pas assez comme ça...

Je l'observai, tout absorbé par ses pensées, et passai la main dans ses cheveux.

— Allez, profite des bons moments qu'on passe avec lui et ne pense pas trop à l'avenir, d'accord ?

— D'accord.

Gus arriva quelques minutes plus tard. Je me tenais penchée à la vitre ouverte afin d'éviter à Vic de respirer mes effluves de nicotine et de pourrir l'habitacle. Mon attitude sembla amuser Gus.

— Désolé, j'ai fait au plus vite, s'excusa-t-il en refermant la portière derrière lui.

Je jetai mon mégot et le détaillai. Costume et chemise de couturier.

— Même le week-end, tu gardes le costume ? me moquai-je.

— Disons que... c'est tout ce que j'ai ici, se contenta-t-il de répondre, les yeux sur la route.

Je me sentis très bête tout à coup.

Je n'avais pas pensé une seconde que sa vie devait être un peu décousue à cause de son divorce, et je me jurai d'être un peu moins maladroite à l'avenir.

J'ignorais où il avait décidé de nous emmener, et me gardai bien de le lui demander : c'était trop agréable de le laisser nous surprendre. Ce ne fut qu'après avoir vu plusieurs panneaux avec une célèbre souris à la robe rouge et au chapeau pointu que je compris.

— Hum... Disneyland ?

Il hocha la tête.

— Juste à côté !

Il gara sa voiture au parking réservé aux visiteurs des boutiques et restaurants situés juste à l'entrée du parc.

— Tu es déjà allé à Disneyland, Vic ? demanda-t-il.

— Oui, une fois, mais c'était y a longtemps.

Gus retira les clés du contact.

— On ira une prochaine fois, si tu veux.

— On verra, se contenta de répondre Victor, qui semblait décidé à maîtriser son enthousiasme pour toute forme de projets.

Je me pinçai les lèvres pour m'empêcher d'éclater de rire : il avait pris mon conseil un peu trop au pied de la lettre.

Gus nous emmena dans une salle d'arcade où Victor, euphorique, sauta d'une borne de jeu vidéo à l'autre. Je lui avais donné quelques euros pour qu'il puisse s'amuser un peu, mais je compris assez rapidement que c'était Gus qui payait la plupart de leurs parties : ce n'était pas avec l'équivalent de l'entrée à la piscine que je lui avais confié que Vic aurait pu autant jouer.

Pour le déjeuner, nous nous contentâmes d'une poignée de frites et d'un soda chacun, Victor étant bien trop pressé de retourner jouer. Je m'effaçai complètement pour le laisser avec Gus, me contentant d'observer leur complicité naissante.

Il ne s'agissait pas d'une sombre manœuvre de ma part destinée à séduire Gus par le biais de Vic, non. Je m'inquiétais toujours pour l'éducation de mon petit bonhomme, et l'idée de lui présenter un modèle masculin différent de ceux qu'il connaissait me plaisait bien. Je n'attirais pas les hommes vertueux, je le savais, et je n'avais pas envie que Vic devienne un Méro insatiable, un Hugues hypocrite, un Clovis paresseux ou un Giani soumis. Gus, lui, était un genre d'homme bien différent.

Je soupirai en le regardant sourire et plaisanter avec Vic, et me perdis quelques instants dans mes souvenirs de la veille...

Avant de quitter les lieux, Vic me demanda la permission de s'acheter une sucette. Alors nous nous retrouvâmes au milieu des boutiques à chercher une sucette Mickey.

— J'ai trouvé ! s'exclama Vic en revenant avec une énorme sucette arc-en-ciel.

Je souris en lui passant la main dans les cheveux. Il s'arrêta devant une montagne de jouets Buzz l'Éclair, son personnage favori.

— Wouah, lâcha-t-il en s'approchant du jouet, subjugué.

Je fis la grimace.

— Ouais, le prix aussi est « wouah ».

— Il est trop génial ! dit-il en appuyant sur l'un des boutons sur le torse du personnage.

Le jouet se mit à brailler une phrase sortie du dessin animé. Je m'approchai de Vic et l'embrassai sur la joue.

— Si tu veux, je te l'offrirai pour ton anniversaire, lui glissai-je à l'oreille.

Il se tourna vivement vers moi, l'œil émerveillé.

— Ce serait trop génial, maman !

Gus attrapa son portefeuille, dont il sortit un billet qu'il tendit à Vic.

— Tiens, ce sera le souvenir de notre première journée passée ensemble.

— Oh ! non, Gus, intervins-je, ce n'est vraiment pas la peine, il peut bien attendre cinq semaines.

— Parce que tu vas revenir ici le lui acheter, peut-être ?

Je fis la moue.

— Je le ferai. Ce ne sera pas évident, mais je le ferai !

— Allez, laisse-moi le lui offrir, ça me fait plaisir, insista-t-il avec un sourire… du genre à faire tomber ma culotte.

Je gloussai en baissant les yeux. Vic prit sans doute ça comme un signe de mon accord… ou bien il n'y tenait vraiment plus.

Il se saisit du billet.

— Merci, Gus. Merci, c'est trop génial !

Vic choisit l'un des jouets et se dirigea vers la longue file de gens qui patientaient pour payer. Je soupirai en le regardant s'éloigner.

— Il va falloir que je trouve un moyen de te rembourser...

J'entendis Gus ricaner dans mon dos. Je me retournai. Son regard brillait d'une lueur équivoque.

— Monsieur, vous êtes un obsédé ! Néanmoins, j'honorerai ma dette avec plaisir et... application.

Il secoua la tête, le sourire aux lèvres.

— Tu veux un souvenir, toi aussi ? Une petite robe de princesse ? Tu serais adorable là-dedans.

Je levai un sourcil.

— Ah, je vois : Monsieur aime le Moyen Âge... Le fantasme de la jolie princesse qui se fait trousser par le prince venu la sauver, c'est ça ?

Il ferma les yeux, luttant pour ne pas éclater de rire.

— Mon Dieu... C'est toujours d'une poésie avec toi !

— Oh ! allez, je sais que tu aimes quand je parle comme ça...

Il fit une petite moue, mais ne me contredit pas. Il surveillait Vic un peu plus loin.

— Alors ? La princesse, c'est ton fantasme ? insistai-je.

— Non, mais tu as raison, Ali : c'est un lieu tout à fait approprié pour ce genre de conversation...

— Si c'est vraiment ce que tu aimes, il faut que tu me le dises pour que je puisse acheter quelques accessoires !

J'attrapai une des petites couronnes en plastique qui recouvraient le rayon devant nous et la posai sur ma tête. Il glissa la main autour de ma taille pour m'inviter à me rapprocher. Je tremblai en le sentant me toucher.

— Franchement, après la nuit dernière, je ne crois pas qu'il me reste beaucoup de fantasmes à réaliser, chuchota-t-il.

Je reposai la couronne sur son rayon et l'attrapai moi aussi par la taille, palpant discrètement d'une main ses petites fesses bien fermes.

— Hum... ton cas est encore plus grave que ce que je croyais.

— Ah oui, docteur ?

— Oooh que oui ! Tu n'as pas vu le quart de ce dont je suis capable.

Il écarquilla les yeux.

— Le quart ? Je n'ose pas imaginer la suite, alors...

Il m'embrassa sagement.

— Oui, dis-je, un peu triste de ne pas pouvoir me laisser aller devant tous ces yeux innocents, je ne sais pas pourquoi, mais avec toi... j'ai l'impression d'avoir quinze ans. Du coup, je prends un peu moins d'initiatives que d'habitude. Mais rassure-toi, ça va revenir !

— Je vais m'abstenir de tout commentaire. Ça pourrait vite déraper.

Je me blottis contre lui en riant. Il m'embrassa sur la tête.

— Dis-moi, commença-t-il, songeur. Ça veut dire quoi « tu es trop comme ci ou pas assez comme ça » ?

Je m'éloignai, affolée.

— Hein ?

— Vic m'a posé de drôles de questions, tout à l'heure. Il voulait savoir si je te trouvais « trop comme ci ou pas assez comme ça ».

Je plaquai la main sur mes lèvres en m'esclaffant, un peu honteuse.

— C'est… C'est rien. J'ai juste essayé de lui expliquer qu'il ne devait pas s'emballer, que tu pouvais changer d'avis et me trouver pas assez… ou trop… enfin, tu vois.

Il hocha la tête, pensif.

— D'accord.

— Et voilà ! s'écria Vic en revenant vers nous, son jouet sous le bras. C'est trop génial, merci Gus, merci ! T'es trop gentil !

Il se jeta dans ses jambes. Un peu décontenancé, Gus resta immobile, cherchant de l'aide du regard. Je l'encourageai à répondre à l'élan d'affection de Vic avec un petit mouvement de tête vers ce dernier. Gus leva la main et lui tapota maladroitement le dos.

— De… De rien, bonhomme. Ça me fait vraiment plaisir.

Lorsque Victor s'éloigna enfin, Gus affichait un sourire timide.

— Je vous ramène ? proposa-t-il.

— Avec plaisir ! répondis-je.

J'attrapai le jouet de Vic, et nous retournâmes à la voiture en ligne, Victor nous tenant chacun par la main.

Gus descendit avec nous pour nous raccompagner jusqu'à notre appartement. Il n'eut pas le choix, de toute façon : Victor ne le lâchait plus !

Une fois chez nous, Vic s'installa sur la table du salon pour déballer son Buzz l'Éclair. Gus n'avait pas quitté son manteau et ne tarderait sans doute pas à partir, ce qui me rendit un peu triste.

— Eh bien, je vais y aller, m'annonça-t-il sans conviction.

— OK, répondis-je, résignée. Vic, viens dire au revoir à Gus.

Vic se jeta une dernière fois dans ses bras et l'embrassa sur la joue, avant de retourner vers son jouet en sautillant.

— Il est génial, souffla Gus en le suivant des yeux.

Je souris.

— Je sais !

J'avançai lentement vers la porte de l'appartement et l'ouvris. Gus sortit sur le palier.

— Merci pour cet après-midi...

Je ne pouvais m'empêcher de sourire.

— Merci à vous deux. J'ai vraiment passé un très bon moment.

Je jetai un coup d'œil à l'intérieur de l'appartement avant de rabattre la porte de sorte que Vic ne puisse rien voir. Puis j'empaumai le visage de Gus et le ramenai à moi pour l'embrasser. Il me laissa faire, mais répondit à peine, sans doute un peu impressionné par mon enthousiasme.

— Voilà, dis-je en lui tapotant les joues. Avec ça, je suis certaine que tu n'iras pas voir ailleurs !

Il ricana.

— Oh ! il me suffit de repenser à la nuit dernière, et tu peux être certaine que je n'irai jamais voir ailleurs !

Je ris, les yeux rivés aux siens. Il y avait quelque chose de triste dans ses yeux à ce moment-là. Était-ce juste notre séparation imminente qui le rendait aussi malheureux que moi ? Ou bien, y avait-il autre chose ?

Il prit une profonde inspiration.

— Tu sais, toi aussi, tu pourrais me trouver « trop comme ci et pas assez comme ça »...

Je ris.

— Ouh là, aucune chance, crois-moi !

Il m'attrapa la main et la porta à ses lèvres pour l'embrasser. Je me laissai faire, sous le charme de ce baiser de prince charmant.

— Je t'appelle dès que je peux. J'ai un déplacement toute la semaine à Londres.

— Bien sûr. Tu as mon numéro, maintenant !

— Oui, j'ai ton numéro, répéta-t-il avec une certaine fierté.

Il m'embrassa une dernière fois. Je n'avais pas envie de le laisser filer, et je devinais à sa façon de m'embrasser qu'il n'avait pas envie de s'en aller.

— À bientôt ! me lança-t-il en s'éloignant.

Je rentrai chez moi et refermai la porte. Je m'appuyai contre le battant en regardant dans le vide. Impossible d'arrêter de sourire !

Je secouai la tête afin de me reprendre et retournai au salon.

— Alors, Vic, il est bien, ce Buzz l'Éclair ?

— Il est énorme ! Regarde.

Il appuya sur l'un des boutons, et deux ailes en plastique se déployèrent dans le dos du personnage. Je ne regardais pas vraiment le jouet pour être honnête, je ne faisais que repasser le film de cette douce journée passée à trois.

— Pourquoi tu te caches pour faire des bisous à Gus ?

— Hein ? Qu... Mais... je fais pas de bisous à Gus, voyons !

Il rit.

— Bah si, je vous ai vus. Dans le magasin, et

puis, tout à l'heure, pour dire au revoir. Tu peux le faire devant moi, tu sais, me rassura-t-il. Je suis grand, je connais.

Je me redressai.

— Comment ça tu « connais » ? C'est quoi, cette histoire ?

— Moi aussi, j'ai une amoureuse, m'annonça-t-il fièrement.

— Vic ! Pourquoi tu ne m'as rien dit ?

— Je savais pas trop.

— C'est qui ?

— Julie, la nouvelle.

— Ah, tu vois, je t'avais dit qu'elle t'aimait bien ! Et alors, tu lui as fait un bisou, c'est ça ? demandai-je, amusée de constater que mon petit bonhomme était en train de grandir.

— Oui, elle m'a demandé, alors je lui ai fait. Elle est super gentille maintenant. Donc, je connais, et tu peux faire des bisous à Gus devant moi, ça ne me dérange pas.

Je réfléchis quelques secondes.

— Oui, mais… imagine que je sois avec toi, est-ce que tu aurais envie de faire des bisous à Julie devant moi ?

Il réfléchit un peu, le nez en l'air.

— Heu… non, je crois pas.

— Voilà : Gus et moi, c'est pareil. Allez, va prendre

ta douche, dis-je en me penchant pour ramasser l'emballage du jouet qu'il avait laissé sur la table.

Je le regardai s'éloigner.

— Oh ! et Vic..., l'interpellai-je avant qu'il n'entre dans sa chambre. Pas un mot à propos de Gus à Valérie et compagnie, hein ?

Il fronça les sourcils, perplexe.

— Pourquoi ?

— Parce qu'ils vont beaucoup, beaucoup nous embêter s'ils le savent, et ça pourrait tout gâcher. Alors, tu promets ?

Il hocha la tête.

— D'accord, je comprends. C'est promis.

14

La sonnerie de mon téléphone portable retentit dans la cuisine. Je récupérai l'appareil et sentis mon cœur s'affoler en apercevant son nom.

Depuis que nous nous étions quittés, une semaine plus tôt, il m'avait appelée deux fois. Une première fois le dimanche soir, pour m'informer qu'il était bien arrivé et qu'il s'ennuyait beaucoup à faire la plante verte aux côtés d'Edward, son associé franco-britannique, et une deuxième fois le mercredi, pour me prévenir qu'il rentrait le vendredi après-midi.

Nous étions samedi, il n'était pas loin de 13 heures, et j'attendais son appel depuis bien trop longtemps. Je décrochai donc sans attendre une sonnerie de plus, sous l'œil incrédule de Victor qui était en train de terminer son assiette de pâtes.

— Gus ! Comment ça va ?

— Bonjour, Ali, je ne te dérange pas, j'espère ?

— Oh non, non ! m'empressai-je de le rassurer. Victor termine de manger, là.

Il rit doucement.

— Bon appétit à lui, alors.

Il y eut un blanc.

— Et... que me vaut le plaisir de cet appel ? demandai-je avec espoir.

— Euh... eh bien, en fait... Voilà, je... je suis libre cet après-midi, et je me demandais si Victor et toi seriez d'accord pour... disons, passer... un peu de temps avec moi ?

Ces hésitations étaient adorables !

— Ce serait avec plaisir, Gus !

— On pourrait aller au Jardin des Plantes ou bien au cinéma, selon ce que Vic préfère.

Je me tournai vers Vic et me souvins tout à coup des projets de l'après-midi.

— Mer... mince ! me repris-je en me plaquant une main sur le front. J'avais complètement oublié, mais on va à la piscine, aujourd'hui.

— À la piscine ?

— Oui, j'ai promis à Vic de lui apprendre à nager.

— Oh ! d'accord. Je comprends.

— Mais on peut se retrouver plus tard ? Pour dîner, par exemple ?

Impossible de ne pas tenter quelque chose.

— Ou je pourrais vous accompagner...

J'écarquillai les yeux.

— Tu... Tu veux venir... à la piscine ?

— Oui.

— La piscine municipale d'Argenteuil ?

— Oui.

— Avec nous ?

Je peinais à assimiler l'information. Ma réaction le fit rire.

— Oui ! Je vous y rejoindrai à 14 heures, ça ira ?

— Parfait ! dis-je, toujours sous le choc.

— Et si je passais vous prendre, pour qu'on y aille ensemble ?

— Encore mieux !

— À tout à l'heure, alors.

— Ça marche, à tout à l'heure.

Je raccrochai.

— Gus va venir avec nous à la piscine, annonçai-je à Vic.

— Gus ? Génial !

Je l'embrassai avant de filer mettre quelque chose d'un peu plus seyant que mon jean usé et mon vieux chemisier bleu marine un peu trop grand pour moi.

À 14 heures pétantes, mon téléphone se manifesta. J'attrapai le sac contenant nos affaires de piscine et descendis en sautillant les quatre étages qui nous séparaient de Gus. On aurait cru que j'avais le même âge que Vic !

En arrivant sur le trottoir, j'aperçus immédiatement sa voiture. Vic et moi nous y précipitâmes. Il gagna largement notre petite course, mes sandales compensées ne me permettant pas de sprinter.

J'ouvris la portière arrière pour que Vic puisse monter.

— Salut, bonhomme ! lui dit Gus du siège conducteur.

Je fis le tour de la voiture pour m'installer à l'avant.

— Salut, lançai-je en faisant claquer la portière.

Gus me contempla avec de grands yeux ébahis.

J'avais fait fort : petite blouse blanche à lacets croisés sur le devant laissant mon cou et une partie de mes épaules apparents, jupe en jean serrée qui mettait en valeur mes longues jambes lisses et dorées, maquillage discret rehaussant le vert de mes yeux, et cheveux négligemment nattés sur le côté... Ma semaine passée à me bichonner à coup de gommage et d'autobronzant ne me semblait pas vaine, tout à coup.

— Sa... lut, articula-t-il, les yeux rivés à mes jambes.

Je gloussai comme l'adolescente attardée que je redevenais lorsque j'étais avec lui. Je l'aurais volontiers attrapé par le cou pour l'embrasser goulûment, dans un délicieux rappel de notre dernière entrevue... mais il y avait la petite tête de Victor entre nos deux sièges.

— C'est quoi, ça ? demanda Vic en attrapant un sac en papier bleu marine.

Gus se tourna vers lui.

— Oh ! ça, c'est... hum, fit-il, un peu embarrassé. Je vous ai rapporté... un petit souvenir de Londres.

Son attitude me fit sourire.

— C'est adorable, Gus, mais tu n'aurais pas dû t'embêter, tu sais.

— Ça ne me dérangeait pas !

Victor ouvrit le sac et en sortit une tirelire en forme de cabine téléphonique rouge, ainsi qu'un mug aux couleurs de l'Union Jack, dans lequel avait été glissée une boîte de thé.

— Je ne savais pas si tu buvais du thé, alors...

Je me concentrai sur son petit cadeau qui me touchait démesurément. J'en avais les larmes aux yeux.

— Merci, c'est... adorable, bredouillai-je en peinant à cacher mon émotion.

Je levai les yeux vers lui. Il regardait attentivement ses doigts qui jouaient sur le volant.

— Ce n'est pas grand-chose, répondit-il avec un soupir triste.

Je me mordis la lèvre. Impossible pour moi d'attendre plus longtemps. Je dépliai la veste en jean que j'avais emportée au cas où il ferait un peu frais. Gus me jeta un œil hagard, tandis que Vic était toujours occupé à manipuler sa tirelire.

— Vic ? l'appelai-je, sans détacher les yeux de ceux de Gus.

— Oui ?

Je lui lançai ma veste sur la tête et attrapai vivement Gus par le cou pour l'embrasser.

— Mais, Ali, arrête ! pesta Vic en se débarrassant de ma veste.

Je souris à Gus qui ne bougeait plus, les yeux écarquillés et le rose aux joues.

Il avait été surpris par mon élan et n'avait pas eu le temps de réagir, mais ce baiser ne lui avait clairement pas été désagréable.

Vic leva les yeux au ciel.

— C'est bon, Ali, je t'ai dit que...

— Vic, qu'est-ce qu'on dit pour les cadeaux ? l'interrompis-je.

Il soupira.

— Merci, Gus, c'est gentil.

Il se pencha en avant pour pouvoir embrasser Gus sur la joue. Lequel sembla presque aussi ému par ce geste que par ce que je venais de faire, moi !

— Alors, on y va ? demanda Victor en se rasseyant.

Gus secoua la tête pour recouvrer ses esprits.

— Heu... oui. En fait, je connais un endroit où on sera plus tranquilles pour apprendre à nager. Ça te dit, Vic ?

— Oui, ça me va.

— OK, alors, direction Maisons-Laffitte !

— Maisons-Laffitte ? répétai-je, méfiante.

Gus approuva d'un signe de tête, concentré sur sa conduite.

— Je pense que ça va vous plaire !

Maisons-Laffitte… Était-ce sa maison ?

— On va… chez toi ? demandai-je en ayant un peu de mal à cacher toutes mes inquiétudes.

Il sourit.

— En quelque sorte, oui. Disons que ça a longtemps été chez moi.

Je tremblai. J'imaginais entrer dans cette maison qu'il avait partagée avec elle, la déco qu'elle avait choisie, les photos d'eux partout, leur chambre à coucher… Je fus prise d'une violente envie de sauter par la vitre ouverte.

— Quand j'avais l'âge de Victor, c'était l'endroit que j'appelais ma maison, me précisa Gus, que ma mine déconfite semblait amuser.

Je soufflai : nous allions chez ses parents. Chez ses parents ? !

— Euh, attends une minute, là… Tu veux dire que…

— Mes parents sont en voyage en Italie, nous aurons la maison rien qu'à nous !

Aaah, voilà qui changeait tout !

Victor passa le reste du trajet à poser des questions

à Gus. D'abord, sur l'Angleterre et Londres, puis sur tous les pays que Gus avait eu l'occasion de visiter. Autant dire que Gus aimait les voyages !

Après une bonne demi-heure de route, nous arrivâmes dans un joli quartier où les quelques maisons que nous pouvions apercevoir derrière les immenses clôtures et les arbres centenaires ressemblaient à des hôtels.

Gus s'arrêta devant un imposant portail blanc et chercha quelque chose dans sa boîte à gants, une télécommande qu'il actionna pour ouvrir les portes.

— Ah, ouais, carrément ! ne pus-je m'empêcher de dire en découvrant la splendide demeure et son parc parfaitement entretenu.

Victor, lui, ne semblait pas avoir conscience de la chance que nous avions de pouvoir entrer dans un endroit pareil. Il se contentait d'admirer les lieux comme on admire le château de la Belle au bois dormant et les décors en plastique à Disneyland. Gus arrêta la voiture devant la maison, une superbe bâtisse blanche d'au moins dix pièces qui devait dater… du XIXe siècle ? Mes connaissances en architecture ainsi qu'en histoire étaient un peu limitées, difficile pour moi d'évaluer l'âge d'une maison pareille, mais une chose était certaine : elle ne datait pas d'hier !

Je descendis de la voiture en tremblant. Découvrir le monde auquel appartenait Gus me faisait violemment comprendre que nous n'avions pas grand-chose à faire ensemble : je n'étais même pas digne de nettoyer les carreaux de cette grande baraque !

Les cris de joie de Victor, qui était descendu de la voiture, me sortirent de mes turpitudes.

— T'as vu, Ali ? C'est trop génial ! s'écria-t-il en sautant sur les marches du perron comme s'il était chez lui.

Je souris discrètement.

— Venez, je vais vous montrer un peu les lieux, dit Gus en nous invitant à le suivre à l'intérieur.

Je lui emboîtai le pas en tentant de mettre de côté les tristes pensées qui m'avaient traversé l'esprit.

La maison de ses parents était magnifique. Les pièces étaient immenses et ressemblaient à celles d'un château avec leurs meubles d'époque, leurs lustres à pampilles et leurs parquets lustrés. La hauteur sous plafond était le double de celle de mon appartement. La salle à manger, à elle seule, faisait le triple de notre salon, et la cuisine comportait un cellier aussi large que la chambre de Vic.

Victor et moi échangions des regards amusés.

— C'est dingue, Ali, tu trouves pas ?

— Oui, c'est complètement fou !

— Attendez, vous n'avez pas tout vu ! nous annonça fièrement Gus, en nous invitant à passer devant lui.

Nous avançâmes dans la direction qu'il nous

indiquait et découvrîmes une piscine intérieure. Nous restâmes quelques secondes à admirer la véranda où se trouvait l'immense bassin d'eau bleu ciel, entouré d'un carrelage dans les tons blanc et turquoise. Il y avait des transats joliment disposés ici et là. Quelques plantes vertes, qui n'étaient pas sans rappeler les tropiques, trônaient élégamment dans de gigantesques bacs en bois. Un décor... féerique !

— Génial ! laissa échapper Victor en me lâchant la main pour descendre les quelques marches qui nous séparaient de la piscine.

— Bon, ce n'est pas un bassin olympique, mais je pense que pour apprendre à nager, ça devrait suffire ! lança Gus.

Victor s'agenouilla pour plonger la main dans l'eau.

— C'est chaud ! fit-il d'un air extasié.

— Tu peux aller te changer là-bas.

Victor s'éloigna avec son sac à dos Mario Bros pour se changer derrière le paravent que venait de lui désigner Gus. Je me tournai vers ce dernier.

— Merci beaucoup, dis-je avec un sourire timide.

Il regardait dans la direction où Vic avait disparu.

— Merci à vous de me tenir compagnie, dit-il froidement.

Je l'observai. Son regard était vide et son visage, crispé : il n'était pas bien.

Je me rapprochai et hésitai un instant à lui prendre

la main. Il avait fait des efforts pour que nous ne nous en rendions pas compte. Il ne voulait pas que nous le sachions et n'avait sans doute pas besoin de notre compassion.

Il se tourna vers moi. Un sourire discret se dessina sur ses lèvres lorsque ses yeux croisèrent les miens. Ce petit signe me donna du courage, et je lui attrapai franchement la main pour la serrer avec force au creux de la mienne. Je voulais qu'il compte sur nous. Et puis, Vic était loin et ne pouvait pas nous voir, alors j'avais le droit. Je glissai les doigts sur sa nuque et l'invitai à se rapprocher pour l'embrasser. Vraiment, cette fois. Pas un petit baiser rapide et ridicule comme plus tôt dans la voiture. Il ne resta pas longtemps insensible à mes avances et y répondit timidement. Je m'éloignai pour reprendre mon souffle qui s'emballait, comme d'habitude.

J'avais eu peur que les choses aient changé pendant sa semaine d'absence, que les sentiments se soient estompés d'un côté ou de l'autre, mais tout était exactement comme le samedi précédent.

Nous échangeâmes un tendre regard. Bon, il semblait toujours un peu tendu, mais c'était déjà mieux !

— Je vais rejoindre Vic, murmurai-je.

Mon ton laissait deviner que j'aurais aimé pouvoir me diviser en deux à ce moment-là. Gus hocha la tête et m'embrassa une dernière fois avant de me laisser filer. Je savais que, aussitôt changé, Vic ne résisterait pas à l'envie de sauter dans l'eau et, aux dernières nouvelles, il ne savait toujours pas nager.

Alors que j'arrivai près du paravent, Vic fit son apparition, dans son maillot de bain bleu marine.

— Tu m'attends ! ordonnai-je en tendant un index menaçant dans sa direction.

Il savait pertinemment qu'il n'avait pas intérêt à me désobéir, quand je prenais ce ton-là.

— OK, répondit-il au garde-à-vous.

Je me glissai à mon tour derrière le paravent pour me changer.

J'attrapai le sac à dos Mario Bros qu'il avait laissé par terre et en sortis mon maillot de bain, un monokini noir très simple : je ne voulais pas jouer les pin-up à la piscine municipale. J'aurais tant aimé faire tourner la tête de Gus en paradant devant lui dans mon bikini noir à pois blancs… À charge de revanche !

J'enfilai donc mon maillot insipide et tentai de remonter mes seins (tentative pathétique de paraître un peu plus appétissante), quand j'entendis le bruit de quelqu'un sautant dans l'eau, suivi des cris de Victor. Je sortis en trombe. Victor et Gus chahutaient dans le bassin.

Je soufflai, soulagée.

— Vous m'avez fait peur ! leur reprochai-je, tout en défaisant l'élastique qui retenait ma natte.

Gus se tourna vers moi et me détailla de la tête aux pieds. Son air perdu fit soupirer mon cœur : ah, si seulement j'avais emporté mon bikini...

La petite voix de Vic calma rapidement nos ardeurs.

— Pourquoi tu la regardes comme ça ?

Je pouffai. Gus sourit un peu plus.

— Eh bien, je la regarde parce que je la trouve jolie.

Vic haussa les épaules.

— Elle dit tout le temps qu'elle est moche...

Gus releva le nez vers moi, amusé. Moi, je me retrouvai un peu embarrassée.

— Non, non, Vic, ce n'est pas ça. C'est...

— Bah, tu dis toujours que t'as des grosses fesses !

Je plissai les yeux. La vérité et les enfants, hein ?

— Non, en fait...

— Moi, je la trouve parfaite, dit Gus à Victor, qui approuva d'un signe de tête.

— Moi aussi, je trouve qu'elle est parfaite.

Gus m'adressa un regard plein de sous-entendus, et je lui donnai le change. Vic ne semblait pas bien comprendre ce qui nous arrivait.

— Bon, soufflai-je pour passer à autre chose, on te montre comment on nage, mon Vic ?

Je m'assis sur le bord de la piscine et glissai dans l'eau pour les rejoindre.

Nous passâmes deux heures à expliquer à Victor comment nager, avec des interludes réguliers, destinés à chahuter un peu. Tantôt c'était Gus qui jetait Vic dans l'eau, tantôt c'était moi qui le faisais sauter de mes épaules.

À la fin de l'après-midi, Victor avait compris comment faire même si, par sécurité, nous lui avions laissé des brassards. Je jetai régulièrement des coups d'œil à Gus lorsque celui-ci était occupé à jouer avec Vic. Je le trouvais tellement attirant, tellement séduisant ! Son sourire, ses cheveux humides et désordonnés, son corps que je trouvais incroyablement sexy et, surtout, sa façon de se comporter avec Vic, à la fois affectueuse et protectrice... Tout ça éveillait étrangement mes sens. Je soupirai en repensant à notre dernier moment tendre, au fond de mon canapé-lit...

— Ali ? m'appela Gus, me sortant de mes pensées.

— Oui ?

— Si on mangeait quelque chose, maintenant ? Vic a faim.

— Oh ! Oui, bien sûr. Allons-y.

Je m'éloignai pour sortir de l'eau.

Lorsque nous fûmes séchés et rhabillés, Gus nous conduisit à la cuisine, où il nous offrit un succulent goûter à base de tartines au Nutella et de jus d'orange bien frais, pour le plus grand bonheur de Vic. Je ne résistai pas longtemps face à l'insistance des deux garçons, et me laissai aller à manger UNE tartine. Ce n'était pas très raisonnable et sortait carrément du programme anti-hanches, mais comment résister, quand tous deux se gavaient devant moi ?

— Mince, j'ai oublié ma console ! lâcha soudain Victor.

Je levai les yeux au ciel.

— Sérieusement, Vic, y a autre chose que les jeux vidéo, dans la vie ! Tu es dans une maison magnifique, avec une piscine et un jardin immense… profite un peu ! Tu ne veux pas aller jouer dehors ?

Il haussa les épaules, visiblement peu emballé par l'idée. Gus s'esclaffa. Je l'interrogeai du regard.

— C'est juste que… moi aussi, j'ai entendu cette phrase des milliers de fois, m'expliqua-t-il en refermant le pot de pâte à tartiner.

Je fronçai les sourcils.

— Viens, dit-il à Vic en lui tendant la main. Je vais te montrer ma chambre.

Nous quittâmes la cuisine pour monter un superbe escalier recouvert d'un épais tapis richement décoré. À l'étage, nous passâmes devant plusieurs chambres avant de nous arrêter devant une porte blanche où se trouvait accroché un panneau « Défense d'entrer ! », orné d'une tête de mort.

Gus ouvrit. Nous pénétrâmes alors dans sa chambre d'adolescent.

Il y avait des étagères partout, chargées de livres ou de boîtiers en plastique contenant des cartouches de jeux vidéo, et les murs étaient couverts de posters représentant des super-héros. Il y avait également plusieurs consoles de jeux soigneusement alignées près d'une télévision cathodique et un vieil ordinateur qui devait trôner sur le bureau depuis au moins dix ans, à en juger par sa taille.

La pièce était impeccable et semblait figée dans le temps.

— Waouh, génial ! s'écria Vic en se jetant sur le lit.

— Vic ! dis-je pour le retenir.

— Ce n'est rien, fit Gus. Il y a tellement longtemps que personne n'est venu ici... Ça fait du bien de voir cette pièce revivre.

Vic sauta du lit pour se diriger vers les jeux proprement rangés sur une étagère. Il attrapa l'une des boîtes.

— Je le connais pas, ce Mario-là.

Gus s'approcha pour voir quel jeu il avait entre les mains.

— Ah bon ? Pourtant, c'est le meilleur ! Je vais te montrer.

Il attrapa la boîte et en sortit la cartouche de jeu avant de se diriger vers l'une des consoles.

Il fit alors une démonstration de tous les jeux qu'il

affectionnait lorsqu'il était jeune devant mon Victor complètement fasciné.

— J'ai toujours aimé les jeux vidéo, expliqua-t-il, absorbé par sa partie de Mario Kart, mais mes parents, eux, aimaient nettement moins ça !

Vic tentait tant bien que mal de le rattraper.

— Ali, elle veut toujours que je fasse mes devoirs quand je lui dis que je veux jouer à la console...

Je ris, assise sur le lit de Gus, occupée à feuilleter un album photo représentant sa scolarité dans un prestigieux établissement international.

— Vic, je ne suis pas contre les jeux vidéo, rétorquai-je. Mais je pense qu'il faut aussi faire autre chose dans la vie ! Si je t'écoutais, tu passerais tout ton temps à ça.

Gus rit franchement.

— Moi, je jouais tout le temps, et j'ai continué loooongtemps ! C'est d'ailleurs comme ça que je suis devenu ce que je suis.

Vic posa sa manette par terre, battu à plate couture.

— Tu fais quoi, comme travail ?

Je me figeai en réalisant que je ne lui avais jamais posé la question. La honte...

— Eh bien, j'ai créé une société avec mon meilleur ami. On développe des programmes de gestion et on explique aux gens comment s'en servir.

Victor le regardait par en dessous, bouche bée ; il n'avait rien compris.

— OK ! dit-il en reprenant la manette qu'il avait abandonnée une seconde plus tôt.

Gus rit.

— Dit comme ça, ça ne paraît pas très amusant, mais je t'assure que c'est très intéressant !

Je me penchai vers les deux joueurs et arrachai la manette des mains de Gus. Celui-ci se tourna vivement vers moi.

— Hey, moi aussi, je sais jouer, hein, le narguai-je.

Il sembla ravi de me voir aussi sûre de moi… et fut assez surpris par mon niveau !

— Put… euh, punaise, tu es une véritable tigresse !

Je venais de le vaincre sur un jeu de combat, et mon personnage, un gros catcheur russe, paradait en slip pour célébrer sa victoire. Je levai la main vers Vic, assis à côté de moi. Il fit claquer sa paume contre la mienne, enchanté de voir enfin Gus perdre.

— Tu crois quoi ? J'ai trois frères, et je peux te dire qu'ils ne m'ont jamais fait aucun cadeau. J'avais intérêt à savoir faire un trois cent soixante, si je voulais m'en sortir !

Nous passâmes la fin de l'après-midi à nous affronter sur tout un tas de jeux. Jeux de combat, de course, de foot, de tennis, de plates-formes… tout y passa.

Vers 20 heures, alors que Vic était absorbé par

sa partie de Tomb Raider, Gus nous proposa de manger quelque chose. Il revint avec deux pizzas et une bouteille de soda, et nous restâmes tous les trois à jouer comme des adolescents.

— Tu triches ! me dit Gus.

— Comment ça, je « triche » ? répondis-je, outrée. Comment veux-tu qu'on triche à Tetris ? Tu m'expliques ?

Il se mit à rire, tout en se laissant retomber contre son lit.

— Je ne sais pas comment tu fais, mais tu triches, c'est évident !

Je secouai la tête, amusée par sa mauvaise foi.

— Mauvais joueur... Vic, appelai-je en posant la manette par terre.

Je me tournai vers l'homme de ma vie. Il était allongé en travers du lit de Gus et dormait profondément. La piscine avait usé toutes ses forces. Je me penchai sur lui.

— Hey, Vic, répétai-je tout bas en passant la main dans ses cheveux.

Il ne réagit pas.

— Victor, insistai-je un peu plus fort.

Je sentis la main de Gus sur mon épaule.

— Laisse-le. Vous n'avez qu'à dormir ici ce soir.

— D'accord. Si... si ça ne te dérange pas, ça me va.

Il sourit.

— Ça ne me dérange pas, au contraire ! dit-il en m'attrapant par la main.

Je laissai ses doigts se mêler aux miens et le suivis hors de sa chambre pour retourner dans la cuisine, en tête à tête.

15

— Ça te dérange, si je t'abandonne deux minutes ? demandai-je à Gus en arrivant dans la cuisine. Il faut que je passe un coup de fil pour Hug.

— Non, non, vas-y. Champagne ?

— Volontiers !

J'attrapai mon téléphone portable et m'éloignai vers le salon. Ma mère répondit immédiatement.

— Ali ? Un souci ? C'est rare que tu appelles à cette heure-ci.

Elle semblait suspicieuse, il allait falloir la jouer finement.

— Non, rien de grave, ne t'inquiète pas. Dis-moi, je suis coincée à Maisons-Laffitte, là, et Hug est à la maison. Tu crois que tu pourrais passer le chercher ?

— Maisons-Laffitte ? Qu'est que tu fiches à Maisons-Laffitte ?

— Je suis chez une copine, et je ne peux pas rentrer ce soir, dis-je avec naturel.

— Tu veux que je vienne te chercher ? Où est Victor ?

Je levai les yeux au ciel.

— Vic est avec moi, évidemment ! Il s'est endormi chez mon amie, et je n'ai pas envie de le réveiller. Alors, est-ce que tu peux t'occuper de Hug, s'il te plaît ?

Il y eut un long silence.

— Qui c'est, cette copine ? Depuis quand t'as des copines qui habitent Maisons-Laffitte, toi ?

Je laissai échapper un soupir d'exaspération.

— Tu la connais pas.

— Aliiiii…

— Quoi ?

— Je veux tout savoir ! Nom, prénom, âge, adresse, mensurations, couleur des yeux, revenus, modèle de voiture…

— Maman ! grognai-je en jetant un coup d'œil vers la cuisine, comme si Gus pouvait entendre l'interrogatoire de ma mère et s'en sentir offusqué.

— Si tu as un nouveau chéri, je veux savoir si c'est quelqu'un de bien. Pour Vic, tu comprends.

Je fermai les yeux. Pour Vic, oui, bien sûr…

— J'ai pas de nouveau chéri. Bon, tu peux t'occuper de mon chien, oui ou merde ?

— Ah, commence pas à me parler comme ça, hein ! Son nom et je m'occupe de Hug.

Je soufflai. Elle ne me lâcherait pas…

— Bruce.

— Bruce ? répéta-t-elle, incrédule.

— Oui. Bruce.

— Bruce comment ?

— Wayne. Bruce Wayne.

— Bruce Way… ? Tu te fous de mo…

Je raccrochai et éteignis mon portable dans la foulée.

J'allai rejoindre Gus dans la cuisine. Il avait sorti une bouteille de champagne et deux flûtes, qu'il était en train de remplir.

— Alors, c'est bon ? Hug est sauvé ? demanda-t-il.

— C'est bon, oui.

Mon air contrarié semblait l'amuser.

— C'était ta mère ?

Je hochai la tête.

— Et si j'ai bien compris, Bruce Wayne, c'est mon nouveau nom… Il va falloir que je me trouve une Batmobile !

Je souris.

— Je n'ai pas envie qu'elle s'immisce dans ma vie. Elle a des idées bien précises sur ce qu'elle voudrait pour moi et surtout, pour Vic, alors… je préfère ne pas aborder le sujet avec elle.

— Je comprends. Même si, à un moment, j'ai bien cru que tu avais honte de moi !

Je levai les yeux vers lui. Il ne riait pas et moi non plus.

— Franchement, Gus, je crois que ce serait plutôt à toi d'avoir honte.

Il reposa la bouteille de champagne sur le plan de travail.

— Tu penses vraiment ça ?

Je haussai les épaules.

— Je ne sais pas, mais... quand je vois où tu as grandi, où tu vis, je me dis que... qu'on n'a pas grand-chose à faire ensemble.

Il avança jusqu'au séjour luxueusement meublé. La pièce baignait dans la lumière du crépuscule, et les derniers rayons du soleil se reflétaient dans le miroir qui ornait le dessus de la cheminée.

— L'argent ? demanda-t-il.

— Un peu, oui.

Il prit une profonde inspiration.

— Tu sais, tu peux accumuler tout l'argent que tu veux, il y a des choses que tu n'achèteras jamais.

Je lui coulais un regard en biais. Lors de notre première rencontre, lorsque je l'avais agressé avec la fumée de ma cigarette, il avait mentionné un cancer : celui de sa mère. Je m'approchai pour poser une main rassurante sur son épaule. Il ne réagit pas.

— La santé de tes parents ?

— Oui, souffla-t-il. Oui, la santé, entre autres.

Il resta silencieux un long moment, perdu dans ses pensées. Je lui laissai le temps : ce genre de confession n'étant pas des plus évidentes.

— Elle est en rémission, alors elle profite de la vie, m'expliqua-t-il.

Un sourire bienveillant réapparut sur son visage. Je souris à mon tour, soulagée de le voir redevenir lui-même.

— Elle a bien raison ! Qu'elle s'éclate, ta maman !

Il réfléchit encore un peu, puis se tourna vers moi.

— Je t'assure qu'il faudrait être vraiment stupide pour avoir honte de toi.

Il y avait de la tendresse dans ses yeux, et je sentis mon cœur trembler en voyant ce regard qu'il avait été le premier à m'adresser. Je l'attrapai par la taille et le ramenai contre moi.

— Quand tu auras fait le tour de la jolie idiote que je suis, tu auras vite fait de m'expédier hors de ton monde, dis-je tristement.

Il secoua la tête.

— Je te trouve magnifique, Ali... et je ne parle absolument pas de ton physique.

Je me sentis rougir.

— Merci, Gus.

Je fermai les yeux en me blottissant contre lui, comme je ne pouvais jamais le faire devant Vic.

— On s'installe sur la terrasse pour la boire ? proposa-t-il avec un discret signe de tête vers la bouteille de champagne posée un peu plus loin.

— Avec plaisir !

Nous sortîmes par la porte-fenêtre de la salle à manger. J'enfilai la veste que j'avais emportée et m'assis dans un des fauteuils d'un blanc immaculé, garni d'épais coussins. J'attrapai la flûte de champagne qu'il me tendait.

— Un toast ? suggéra-t-il, avant de s'asseoir dans le fauteuil situé près du mien.

— Hum… À ma victoire écrasante sur Tetris ?

Il ricana.

— À ta victoire écrasante !

Il fit tinter son verre contre le mien. Je bus une gorgée de champagne.

— J'ignorais que tu possédais ta propre société, avouai-je, un peu honteuse.

— En même temps, tu ne m'as pas posé beaucoup de questions !

Je piquai un fard.

— Oui, je sais… Ce n'est pas parce que ça ne m'intéresse pas ou que je ne pense qu'à moi, c'est juste que…

— Tu t'en fous, m'interrompit-il.

Je restai figée deux secondes. Il ne semblait ni vexé ni offusqué... Pourtant, les choses présentées comme ça, je passais vraiment pour la dernière des connasses.

— Non, en fait, c'est que..., tentai-je d'argumenter.

— Ça fait partie de ce que j'aime chez toi.

Il porta son verre à ses lèvres, les yeux rivés au jardin. Je ne savais pas trop comment enchaîner, après un tel aveu, je n'étais pas habituée à recevoir des compliments aussi forts et sincères. Je pris donc le parti de l'imiter. Nous dégustâmes ainsi notre champagne en silence pendant quelques minutes. Il semblait d'humeur pensive, ce soir, se contentant d'admirer le jardin, tout en faisant jouer ses doigts sur l'accoudoir de son fauteuil. Je m'arrêtai sur sa main gauche.

— Pourquoi portes-tu toujours ton alliance ?

Il sourit en contemplant ses doigts.

— Ah, ça... C'est compliqué.

Il resta silencieux, faisant tourner son alliance autour de son annulaire.

— Est-ce que t'es... Toujours amoureux ?

Il prit une profonde inspiration, les yeux toujours fixés sur sa main gauche.

— Non. Ça fait longtemps que tout ça a... disparu. Ce sont... les espoirs que tout ça représentait à une époque que...

Il lâcha un soupir.

— Le jour où je lui ai fait cette promesse, j'y croyais vraiment, et c'est ce souvenir-là que j'ai un peu de mal à laisser derrière moi.

Il releva enfin les yeux et plongea son regard dans le mien. Il semblait vulnérable, tout à coup.

— Tu peux te moquer, dit-il tristement.

Je lui fis signe que non.

— Il n'y a rien de drôle.

— J'ai toujours cru que le mariage, c'était pour la vie..., poursuivit-il.

Je l'observai, intriguée. Il me paraissait un homme moderne et sûr de lui, et j'avais un peu de mal à comprendre qu'il ait ressenti le besoin de se soumettre à cette institution poussiéreuse qu'était le mariage. Je ne l'imaginais pas s'abaisser à faire ce genre de demande... Je l'imaginais d'ailleurs assez mal se mettre à genoux devant quelqu'un.

— Tu lui as fait ta demande comment ?

Il fronça les sourcils.

— Ça t'intéresse ?

— J'ai du mal à comprendre l'engagement. Surtout venant de toi. Je trouve ça... surprenant. Alors oui, quelque part, ça m'intéresse.

— Eh bien... c'était à Venise. J'avais tout préparé dans son dos, même si nous vivions ensemble depuis un moment. Et contrairement à ce qu'elle m'a toujours affirmé, je pense qu'elle se doutait de quelque chose.

Je ne pus m'empêcher de pouffer.

— Quoi ? demanda-t-il, un peu surpris par ma réaction.

— Venise... c'est super cliché ! T'as fait ça sur une gondole ?

— C'était sa ville préférée... et ça s'est passé à l'hôtel, pas sur une gondole ! fit-il en levant les yeux au ciel.

Je repris mon verre de champagne sans pouvoir m'empêcher de rire.

Je découvrais une nouvelle facette de sa personnalité : un Gus attentionné et un peu fleur bleue. Non pas qu'il ait été rustre ou malpoli avec moi, mais je voyais bien qu'il y avait une blessure en lui, qu'il avait du mal à se dévoiler et à faire confiance. Tout ça à cause d'un mariage raté... Pourtant, ce n'était qu'un mariage !

— C'est marrant... Pour un tas de gens, le mariage, c'est un truc super important, commençai-je en regardant droit devant moi. Et la demande en mariage... Oh mon Dieu ! Il pose un genou à terre, une bague hideuse à la main. Sa pouffe se plaque les mains sur la figure en pleurant toutes les larmes de son corps, puis braille un « oui » à peine audible, tellement elle chiale...

Je fis mine de vomir.

— Tu regardes beaucoup trop la télé, me reprocha-t-il gentiment en reprenant son verre.

— C'est qu'en fait, moi, j'imaginais ça... pas comme une décision à prendre, mais comme quelque chose d'évident.

— Je croyais que tu ne comprenais pas cet engagement ?

— Oui, je reconnais qu'aujourd'hui je ne le comprends pas, mais ça ne veut pas dire que, un jour, je n'en ai pas rêvé comme tout le monde !

— Ah oui ? Et comment est-ce que la duchesse d'Aquitaine imaginait qu'on lui demanderait sa main ?

Je lui jetai un regard en biais : son ton légèrement condescendant ne me disait rien qui vaille.

— Tu vas te foutre de moi, dis-je en reprenant ma flûte de champagne.

— Pourquoi ?

— Parce que c'est niais.

— Attends, je viens de t'avouer que j'avais demandé mon ex-femme en mariage à Venise, et tu as peur que je trouve ta vision du mariage « niaise » ? Venise, Ali !

Je pinçai les lèvres en contemplant mon verre.

— Tu me jures que tu ne riras pas ?

— Oui.

— Promis ?

— Promis ! Allez, dis-moi.

Je me rassis correctement et pris une profonde inspiration.

— Bon, eh bien, ce que j'imaginais, c'était un truc unique et spontané. Tu vois, ils sont là, tous les deux dans la cuisine, un matin, en train de prendre le petit déjeuner. Ils discutent de la facture d'électricité, des trucs qu'il faudra acheter pour remplir le frigo ou même pour habiller les gosses, et là, elle dit un truc drôle. Lui, il s'arrête. Il la regarde sourire et il sait, il sait que c'est ce qu'il veut pour le restant de ses jours. Que c'est avec cette fille avec laquelle il peut rire entre un paquet de céréales et une brique de lait, qu'il sera heureux de se réveiller tous les matins. Alors, comme ça, sans réfléchir, sans avoir préparé un discours pompé sur des téléfilms à l'eau de rose, sans avoir passé des heures chez un joaillier à se demander ce qu'elle préférerait, sans se mettre dans une position humiliante, il lui demande, comme ça : « Épouse-moi. » Elle, elle sourit un peu plus, parce qu'elle aussi, c'était ce qu'elle avait dans la tête à ce moment-là.

Je levai un œil vers lui. Il me regardait en souriant.

— Tu trouves ça ridicule, hein ? dis-je sans me faire d'illusion.

Il rit.

— Non, pas du tout.

Nous nous tûmes un instant, chacun à nos pensées.

Je réalisai alors que parler de ma vision du mariage à un homme sur le point de mettre un terme au sien n'était pas l'idée du siècle. J'avais certainement ravivé des souvenirs qu'il aurait préféré laisser de côté ce soir.

— Si ça peut te rassurer, repris-je, ça fait un moment que je n'envisage plus le mariage de cette façon. C'était la vision d'une godiche qui croyait encore à l'amour unique. Aujourd'hui, je vois ça comme… une… une sorte de contrat désuet, une tradition qui n'a plus vraiment de raison d'exister à notre époque.

Il soupira.

— J'espère sincèrement que tu mens.

Je me mordis la lèvre.

— En réalité, je crois que j'adorerais être encore une godiche… même si je le suis toujours pour certains trucs, hein, mais… pas pour ça.

Il reprit sa flûte de champagne, pensif.

— Je pense que tu as mieux compris le mariage que moi, qui ai pourtant été marié pendant huit ans.

Je ne savais pas trop quoi dire pour le consoler. *Tu oublieras ? Ça passera ?* Je n'avais jamais été mariée, je ne savais pas.

— Huit ans, c'est… beaucoup, me contentai-je de dire.

— Oh ! oui… Pour nous, c'était trop, sans doute.

Je lui adressai un sourire compatissant.

— Les gens changent.

— Ah, ça, c'est certain !

Il but une gorgée et pencha la tête sur le côté.

— Il n'y a jamais eu quelqu'un avec qui tu aurais eu envie de t'engager, Ali ?

— Ho, ho, ho, oh non ! Oh non, non, non !

— Pourquoi autant de « non » ?

— Ah, Gus... Je suis une emmerdeuse, tu sais. Avec le temps, j'ai compris que personne ne me supporterait jamais et, à vrai dire, ce n'est pas grave. Je n'aurai jamais d'enfants, je ne me marierai pas, je n'aurai pas la baraque en banlieue et le break familial. Et... je m'en fous, pour être honnête.

— Même sans entrer dans les schémas classiques. Juste... vivre avec quelqu'un, être amoureuse, partager une famille...

— Victor prend toute la place !

— Mais Victor...

— Oui, l'interrompis-je en devinant ce qui allait suivre. Victor n'a pas toujours été avec moi et peut-être qu'un jour il ne sera plus là.

Je m'arrêtai pour soupirer,

— Je l'aime, avouai-je sans honte, même si je sais que ce n'est pas sain, qu'en un sens c'est malhonnête de ma part.

— Malhonnête ?

— Oui, parce que... je sais parfaitement que je ne suis pas une véritable maman et qu'il aurait besoin d'autre chose. Une vraie famille avec un papa bienveillant, une maman charmante, des frères et sœurs complices, une grande maison, un jardin et de la stabilité... Tout ce que je ne pourrai jamais lui offrir.

— Il a l'air heureux et épanoui. N'est-ce pas tout ce qui compte ?

Je secouai la tête en regardant le vide.

— Je ne sais pas... Des fois, je me dis que je suis égoïste et que je ferais mieux de le confier aux services sociaux. Que je le garde simplement pour avoir l'impression que je sers à quelque chose, pour me dire que je n'ai pas tout raté. Si je n'avais pas Vic...

Je m'interrompis. J'ignorais où j'en serais sans lui.

— Tu es encore jeune. Peut-être qu'un jour tu pourras lui donner toutes ces choses.

— Le problème, c'est que je n'ai pas envie de « toutes ces choses » ! Et puis, je n'ai plus tant de temps que ça, tu sais...

— Comment ça ? insista-t-il, curieux.

J'hésitai un instant, puis capitulai rapidement : après tout, il avait le droit de savoir quel âge avait vraiment la femme avec laquelle il couchait. Je pris une profonde inspiration.

— Je n'ai pas vingt-neuf ans. J'en ai trente-deux.

Il ne sembla pas particulièrement ému par ma révélation.

— Pourquoi tu racontes que tu en as vingt-neuf, alors ?

— Je crois que je ne m'étais pas imaginée dans cette vie minuscule à trente-deux ans. Je cherche un sursis, sans doute.

— Ah, ça... Moi non plus, je ne m'étais pas imaginé en être là où j'en suis à trente-six ans, dit-il tristement.

Je posai une main réconfortante sur son épaule. Il releva la tête.

— Mais toi, tu es en train de prendre un nouveau départ ! Tu as toutes les cartes en main pour changer ta vie.

Il sourit discrètement.

— C'est vrai.

Il posa sa flûte sur le sol et s'approcha de moi. Ses doigts se saisirent d'une mèche de mes cheveux légèrement raidis par le chlore et le sel de la piscine.

— Toi aussi, tu pourrais prendre un nouveau départ, dit-il tout bas.

Il se pencha pour m'embrasser. Je fermai les yeux, me laissant faire avec plaisir. Il se montrait d'une douceur infinie, ce soir, et j'adorais ça. Je fis glisser mes mains sur ses épaules, tandis que ses lèvres s'échappaient vers mon cou. Je soupirai : que c'était bon, le bonheur !

— Tu veux qu'on monte ? me glissa-t-il à l'oreille.

Je remis tant bien que mal mes pensées en ordre.

— Avec plaisir, soufflai-je.

Il m'embrassa une dernière fois, puis me prit par la main pour m'inviter à me lever. Je le suivis à l'intérieur, en abandonnant mon champagne. Nous montâmes à l'étage. Il s'arrêta devant la première porte à droite et l'ouvrit. Je ne bougeai pas, les yeux rivés au fond du couloir, sur la porte de la chambre où nous avions joué un peu plus tôt. Gus m'embrassa sur le front.

— Mets-toi à l'aise, je vais aller vérifier qu'il va bien.

Je souris en le regardant s'éloigner. Il avait compris ce qui me tracassait... L'homme idéal !

J'entrai dans la chambre dont il venait d'ouvrir la porte et m'arrêtai, intimidée par cette pièce tout en rouge et or, qui ressemblait à l'intérieur d'un coffret à bijoux. Le papier peint donnait l'impression que les murs étaient couverts de velours, et une grande partie du parquet était recouverte d'un épais tapis aux motifs orientaux ocre et cramoisis. Les somptueux rideaux étaient retenus par des embrasses à pompons dorés, et sur lit à baldaquin en fer forgé, une magnifique parure de draps vermillon me paraissait d'un coton de grande qualité. Je levai le nez vers l'imposant lustre scintillant. C'était étourdissant… et un poil « trop » !

— Il dort toujours aussi profondément !

Je me tournai vers Gus qui venait de refermer la porte derrière lui. Il avança vers moi, le sourire aux lèvres.

— Alors ? Ça te plaît ?

— C'est… « waouh », comme dirait Vic. Mais, rassure-moi, ce n'est pas la chambre de tes…

— Oh non ! m'interrompit-il en m'attrapant par la taille. Jamais je n'oserais déshonorer le lit de mes parents avec ce que j'ai prévu de te faire ce soir…

— Et qu'est-ce que tu as prévu de me faire ? demandai-je de ma voix la plus sensuelle.

— Surprise…

Il m'invita à reculer lentement, déposant des baisers dans mon cou. Je me laissai tomber sur le lit en gloussant, impatiente. Une semaine à attendre l'homme de mes rêves… C'était beaucoup trop long ! Je retirai ma veste, que je jetai par terre.

— Wouah, lâchai-je en m'allongeant. Ça, c'est ce qu'on appelle un lit !

Il sourit en me rejoignant. Sa main glissa sagement sous ma blouse pour me caresser le dos.

— J'ai beaucoup pensé à toi cette semaine, m'avoua-t-il dans un murmure.

— Vraiment ? Tu t'es ennuyé à ce point ?

Il rit avant de reprendre ses baisers au creux de mon cou. Il était très appliqué ; pas un millimètre carré de ma peau n'était oublié. Il défit lentement le lacet qui tenait ma blouse fermée, prenant son temps, savourant nos retrouvailles. Il « savourait » d'ailleurs un peu trop à mon goût.

— Moi aussi, j'ai beaucoup pensé à toi, soufflai-je en plaquant mes lèvres sur les siennes, empoignant d'une main son petit popotin.

J'avais passé la vitesse supérieure, et ma façon insistante de l'embrasser ne semblait pas lui déplaire… au début. Il ralentit ensuite progressivement la cadence, jusqu'à s'arrêter complètement. Puis il baissa la tête, les yeux fermés et respirant rapidement.

— Hey, ça ne va pas ? dis-je, une main sur sa joue.

— Désolé, dit-il en s'éloignant.

Il m'abandonna pour s'asseoir au bout du matelas, comme s'il cherchait à me fuir. Il se prit la tête à deux mains, les coudes sur ses genoux, et souffla longuement. Je m'assis à côté de lui, une main lui caressant sagement les épaules. Je lui laissais le temps. Je ne voulais pas le brusquer, je voulais juste qu'il se sente bien avec moi, rien d'autre.

— J'ai fait quelque chose de mal ? demandai-je dans un murmure.

— Non, ce n'est pas toi, ce n'est rien. J'ai juste eu un début de journée... un peu difficile.

Il leva enfin les yeux vers moi. Ses yeux brillaient, et la vision de ce regard meurtri me fit mal au cœur. Sans un mot, je le ramenai contre moi. Il me laissa faire.

J'ignorais ce que c'était, de voir sa vie réduite en miettes, mais je pouvais me le figurer. Lorsque je pensais à Vic, à ses véritables parents, à ce qui se passerait en moi si on me l'enlevait, j'arrivais à imaginer la douleur de Gus.

— Je suis désolée de ne pas pouvoir t'aider, dis-je tout bas. Si tu as envie d'en parler, je suis là, tu sais.

Il soupira.

— Merci, Ali.

Nous restâmes un long moment dans les bras l'un de l'autre. Je lui caressais le dos, profitant de sa chaleur au creux de mes bras. Je n'avais besoin de rien d'autre.

— Tu sais, commençai-je d'un ton désinvolte, le menton calé au creux de son épaule. On n'est pas obligés de jouer à la princesse et au chevalier ce soir. On a le temps pour ça !

Je l'entendis rire. Il se redressa pour pouvoir me regarder dans les yeux.

— Tu es un vrai rayon de soleil, tu sais ?

Je me sentis rougir, touchée par le compliment.

— Je vais m'occuper de toi. Allez, viens là !

Je l'attrapai par les épaules sans lui laisser le temps de me dire non. Je l'obligeai à s'allonger sur le lit et lui retirai ses chaussures, avant de caler sa tête sur deux oreillers écarlates. Il essayait de m'aider ou de faire à ma place, mais je l'en empêchais à chaque fois d'une petite tape ou d'un râle d'agacement.

— Voilà, dis-je en me rasseyant sur le bord du lit. Tu es bien, là ?

— Ali, je ne crois pas que...

— Chut ! lui intimai-je en levant le doigt. Laisse-moi faire !

Je lui attrapai le pied et retirai sa chaussette. Je restai quelques secondes en admiration devant ses pieds : est-ce qu'il y avait un truc que je n'aimais pas chez cet homme ?

— Ali, je te jure que ce n'est pas une bonne idée ! m'avertit-il.

— Ma mère prétend que je ne sais faire que deux choses susceptibles de séduire un homme, dis-je en maintenant son pied contre moi, tandis qu'il se débattait pour essayer de m'échapper. La cuisine et les massages des pieds, alors profite !

Je fis jouer mes pouces sur sa plante de pied. Il me le retira d'un coup sec.

— Si je peux me permettre, tu sais faire beaucoup d'autres choses susceptibles de séduire un homme, alors arrête ça, je te jure que c'est une très mauvaise idée.

— Ha ha ! m'exclamai-je, ravie. Aurais-je ENFIN trouvé le point faible de M. Perfection ?

— Personne ne peut me toucher les pieds, c'est impossible. Et je ne suis pas « M. Perfection », fit-il remarquer, un peu vexé.

Il leva les mains pour me tenir à distance.

— Oh ! alors là, mon petit père, si tu crois que tu vas m'empêcher de te toucher...

Je me jetai sur lui, mais il m'attrapa avant que j'arrive à mes fins. Il plaisantait, mais me tenait suffisamment fermement par les poignets pour que je ne puisse pas l'atteindre.

— Allez, laisse-moi faire, tu vas adorer ! geignis-je.

— Non, je suis trop chatouilleux. Je ne contrôle pas mes réactions, et je risque de te faire mal.

— Allez ! insistai-je. Juste un peu ! Je te jure que je suis super douée !

Il m'attrapa les poignets d'une main et commença à me chatouiller de sa main libre. Je me tortillais dans tous les sens pour lui échapper.

— Ah non, c'est pas du jeu ! protestai-je en riant.

— On fait moins la maligne, là ?

Je m'écrasai contre lui.

— Ne me provoque pas, Gustave !

— Ah oui, Aliénor ?

Ses lèvres étaient toutes proches des miennes.

— Oh oui, dis-je en essayant de rester concentrée, même si nous étions beaucoup trop près pour que je puisse espérer me contrôler.

Je le regardais, tout près de moi, ses yeux plongés dans les miens, et j'avais le vertige. Exactement comme le soir où nous avions couché ensemble pour la première fois. Sauf que cette fois-ci, je n'étais pas seule à tomber. Il tombait avec moi.

Je libérais mes mains avec douceur et l'attrapai par le cou. Il ferma les yeux au moment où mes lèvres retrouvèrent les siennes. Je m'appuyai contre lui et l'obligeai à se rallonger. Il m'obéit docilement, m'entraînant avec lui. Sa main remonta lentement le long de ma cuisse pour s'arrêter sur l'ourlet de ma jupe, qui semblait constituer pour lui la limite. Il faisait jouer ses doigts sur le bord du tissu sans jamais le franchir. Je déglutis avec difficulté : la simple sensation de ses doigts à cet endroit me mettait au bord du malaise extatique.

— Aurais-je réveillé le prince endormi ? demandai-je tout bas.

Il sourit.

— Tu es une magicienne.

— Ah non, je suis une princesse ! rétorquai-je en me collant à lui.

Ses lèvres jouaient de nouveau au creux de mon cou. Je plaçai la main sur la sienne : je n'en pouvais plus.

— Oui, répondit-il, tandis que j'entraînais sa main plus haut sous ma jupe. Une merveilleuse princesse, même !

Je soupirai bruyamment, satisfaite de goûter enfin sa chaleur à un endroit où je désespérais de la sentir, depuis qu'il était passé nous chercher en début d'après-midi.

— Et une princesse un peu coquine aussi, observa-t-il.

— Hey, à quoi ça sert que je me trimballe de la lingerie hyper inconfortable toute la journée, si mon chevalier s'arrête à ma jupe ?

Il regarda ailleurs, un peu gêné.

— Peut-être que... tu l'impressionnes un peu, et qu'il a envie de prendre le temps de savourer le moment que tu acceptes de partager avec lui.

Mes doigts se posèrent sur le premier bouton de sa chemise.

— C'est à moi de savourer le précieux temps qu'il daigne m'accorder.

Il me prit dans ses bras et me ramena contre lui. Je me blottis dans son cou.

— Je ne suis pas un chevalier, Ali.

Il y avait quelque chose de désespéré dans sa voix, quelque chose qui ne collait pas avec le ton léger que nous adoptions en plaisantant à propos de « la jolie princesse » et de son « preux chevalier ».

Je me redressai pour le regarder dans les yeux. Je ne comprenais pas bien sa détresse, mais sa sincérité m'ébranla. Je secouai la tête.

— Si, tu l'es.

Ma main descendit le long de son épaule, de son bras, de son poignet, et je m'arrêtai sur sa main gauche. Je le regardai par en dessous, les lèvres pincées.

J'ignorais s'il serait d'accord, mais j'en avais besoin. À partir de ce soir, il n'était plus à elle. À partir de ce soir, il n'était qu'à moi. J'attrapai son alliance et la fis lentement glisser le long de son doigt. Il me regarda faire sans bouger, sans sourire, mais sans m'arrêter.

Je m'étirai et posai l'anneau sur la table de nuit la plus proche, avant de revenir vers lui. Il y avait quelque chose de différent dans ses yeux, quelque chose de simple et d'évident. Je compris alors que, moi aussi, je possédais une petite part de lui, et j'étais bien décidée à ne jamais la lui rendre.

Je levai le menton et l'embrassai. Nos baisers étaient à la fois tendres et passionnés, nos gestes trahissaient une pointe d'impatience. Il s'arrêta une seconde, à bout de souffle, et posa son front sur le mien.

— Mon nouveau départ…, chuchota-t-il.

Je collai mes lèvres aux siennes pour l'entraîner dans un poignant baiser, prémices d'une chaude et inoubliable nuit.

16

Je posai deux tasses de café chaud sur la table de la cuisine. Gus entra au même moment. Il se plaça derrière moi pour m'enlacer.

— Merci pour cette soirée, dit-il en m'embrassant sur la joue.

Je tapotai la sienne en retour.

— Merci à toi. C'était… très agréable !

— Très agréable, en effet, approuva-t-il.

Je penchai la tête, tandis qu'il parsemait mon cou de petits baisers émoustillants.

Comme tous les mardis soirs, désormais, Gus était venu dormir à la maison. Vic avait été invité chez son meilleur ami, et la soirée en tête à tête avait été torride !

— On a eu de la chance que Vic soit de sortie, ça aurait été nettement moins rigolo, autrement, fis-je remarquer.

— Hum… « rigolo » ? Ce n'est pas le mot que j'avais en tête.

Je ris. Gus m'abandonna pour s'asseoir. Je tirai la chaise en face de la sienne et m'assis à mon tour.

— Tu dois vraiment partir travailler ? demandai-je sur un ton qui laissait entendre que j'avais un autre programme à lui proposer.

Il secoua la tête.

— J'ai un rendez-vous important, ce matin.

J'adoptai ma plus belle moue tristounette.

— Tant pis…

Il rit de nouveau, tout en reposant sa tasse sur la table.

— Je pensais qu'après l'épisode de la douche, tu en aurais eu assez.

J'eus une bouffée de chaleur en repensant à ce qui s'était passé dans ma salle de bains, vingt minutes plus tôt.

— C'était juste un moyen d'économiser de l'eau chaude !

— Économiser de l'eau… Mais oui, bien sûr, fit-il en reprenant son café.

Je l'imitai, les yeux rivés sur lui. Je faisais le plein avant qu'il ne m'abandonne pour quarante-huit heures.

— Dis-moi…, commença-t-il en se frottant la nuque. Tu… Tu crois que Vic accepterait de nous laisser en tête à tête vendredi ?

— Vendredi ? Euh... faut que je négocie avec lui. Pourquoi ?

Il contemplait sa tasse avec intérêt.

— Eh bien, ça va faire deux mois qu'on se connaît, et je me disais qu'on pourrait fêter ça.

Deux mois, déjà... Je n'avais pas vu le temps passer !

— Je vais voir s'il est d'accord, mais, tu sais, il me reproche tout le temps de t'accaparer, alors il va falloir la jouer serrée !

— À ce point-là ? demanda-t-il, visiblement amusé.

— Oooh oui ! Tu n'as pas idée ! Tout ce que tu fais est parfait, tout ce que tu dis est vérité absolue, et tout ce que tu aimes, il aime ! D'ailleurs, merci pour le showcase de la dernière fois...

Il m'interrogea du regard, comprenant bien que j'étais dans l'ironie.

— Oui, lâchai-je. Grâce à toi, et à ce groupe que tu nous as emmenés voir à Saint-Lazare, dont le guitariste était vraiment à croquer, Vic s'est mis en tête d'apprendre la guitare.

— Super idée, ça apporte plein de choses, la musique. En plus, la guitare, ça éblouit les filles. La preuve : le guitariste du groupe était tout sauf « à croquer », me lança-t-il, un poil mordant.

J'adoptai un sourire satisfait.

— Ha ha... Serais-je enfin parvenue à réveiller la bête ?

— Je suis possessif, je l'admets, mais nettement plus discret que toi !

Je me renfrognai, les bras croisés sur la poitrine. Le week-end précédent, nous avions fait les boutiques, et j'avais trouvé une des vendeuses un peu entreprenante avec lui. La pauvre fille se souviendrait longtemps de ce samedi matin...

— Elle te caressait le bras !

— Ali, j'étais en train d'acheter une chemise... Elle vérifiait simplement que les manches étaient de la bonne longueur.

— Oh ! et pour ça, elle avait besoin de poser la main sur ton épaule, peut-être ?

Il me regardait sans un mot, le sourire aux lèvres. Je soupirai.

— Bon, d'accord. J'ai peut-être pété un plomb, mais j'aime pas toutes ces filles qui te tournent autour. Ça me gonfle.

Depuis qu'il ne portait plus son alliance, j'avais l'impression qu'il se baladait avec un panneau lumineux au-dessus de la tête proclamant « Je suis disponible ! », et que la moindre truie en quête d'un mâle comestible se jetait sur lui.

— Tu te fais des idées, personne ne me tourne autour, je te l'assure, dit-il avec un ricanement nerveux.

— Mouais... on ne touche pas à mon homme, bougonnai-je.

— C'est amusant que tu sois aussi possessive. Pour une femme qui ne voulait fréquenter que des hommes mariés, c'est un peu... paradoxal.

— Justement ! Je sais exactement ce qu'elles ont dans la tête et, crois-moi, c'est pas beau à voir. Même si ces messieurs ne sont pas blancs non plus, hein..., ajoutai-je avec un regard de biais.

Ma remarque le piqua.

— Tu ne me fais pas confiance ?

— Disons que... je m'arrange pour que tu n'aies pas envie d'aller voir ailleurs.

Son sourire disparut.

— Ali, tu n'as pas besoin de te forcer à quoi que ce soit, voyons ! Et puis, je suis plutôt du genre exclusif. Crois-moi, tu n'as aucun souci à avoir !

Je l'observai en plissant légèrement les yeux, perplexe : un individu muni d'un pénis prétendant aimer la monogamie ? Difficile à croire.

— Et puis, surtout, je n'aurais pas le temps pour une autre que toi !

Il m'adressa un clin d'œil. J'approuvai d'un petit mouvement de tête.

Gus passait énormément de temps à travailler et je me doutais que la moindre soirée, la moindre après-midi de libre, nous était entièrement consacrée.

Je regardai mon café.

— Mais... tu ne me trouves pas insupportable ? demandai-je, un peu inquiète.

— Non, tu es trop drôle quand tu insultes les vendeuses ! C'est la première fois qu'on se montre aussi possessive avec moi, m'avoua-t-il. Et je dois bien reconnaître que... c'est loin de me déplaire !

Il attrapa une des tranches de brioche que j'avais déposées sur une assiette, au milieu de la table.

— Je vais essayer de me contenir un peu, glissai-je. Mais c'est mon côté italien, que veux-tu... Mais t'es jamais jaloux, toi ?

Je n'avais pas particulièrement envie qu'il le soit, mais j'avais l'impression d'être la seule à avoir des défauts, dans notre duo. Il sourit malicieusement.

— Si. Seulement, je m'arrange pour faire discrètement comprendre au lourdaud qui a regardé avec un peu trop d'insistance tes fesses ou tes seins que tu n'es pas disponible, en t'attrapant par la main, par exemple, ou en me collant à toi. C'est discret et tout aussi efficace que les insultes. Et puis, Victor m'aide aussi beaucoup.

— Victor ?

— Oui, lui non plus n'apprécie pas trop le regard de certains hommes, alors on s'arrange.

Je faillis tomber de ma chaise.

— Comment ça ?

Il prit le temps d'avaler une gorgée de café avant de répondre.

— On s'est mis d'accord : si quelqu'un te regarde bizarrement ou t'approche d'un peu trop près et que je ne peux rien faire, soit parce que je ne suis pas là ou que je suis dans l'incapacité d'intervenir, il doit s'accrocher à toi et t'appeler « maman ». Je t'assure que ça, c'est une méthode infaillible pour calmer ces messieurs !

J'en laissai tomber ma mâchoire, outrée. Je comprenais mieux les soudaines démonstrations d'affection de Vic lorsque nous sortions tous les deux, ces derniers temps.

— Mais... c'est... vous êtes... Vous avez mis ça au point entre vous, c'est ça ?

— Oui, répondit-il en riant.

— Ça fait longtemps ?

Il fit la moue.

— Hum, je dirais... trois semaines ?

Je secouai la tête pour désapprouver, quand bien même la manœuvre était mignonne.

— Vous êtes adorables. Bon, vous êtes aussi deux salopards, mais vous êtes deux adorables salopards !

Je sirotai une gorgée de café.

— Tu voudrais qu'on aille où, vendredi ? demandai-je pour revenir à la conversation initiale.

— J'aimerais t'emmener dîner dans mon restaurant préféré.

Je me crispai légèrement.

— Ton… restaurant préféré ?

Ma réaction ne lui échappa pas.

— Oui, pourquoi ? Tu n'en as pas envie ?

— Si, si, bien sûr, dis-je en me levant. J'adore découvrir les endroits que tu aimes. Je trouve que tu as très bon goût d'ailleurs. C'est juste que… la plupart du temps, j'ai l'impression que ce sont des endroits où je n'ai pas ma place.

— Comment ça ?

Je me concentrai sur le nettoyage de ma tasse.

— C'est comme quand on est allés chez Dior, ou que tu m'as emmenée dans cette pâtisserie qui fait des super macarons… J'ai toujours l'impression que les gens me regardent en sachant pertinemment que je n'ai pas les moyens de rentrer dans ces boutiques.

— Ali, enfin ! Tu vaux mille fois mieux que la plupart des vieilles peaux qui fréquentent ces endroits !

Je souris en posant ma tasse propre sur l'égouttoir, à côté de l'évier.

— T'es adorable, Gus.

— Non, répliqua-t-il vivement, en se levant pour me rejoindre. Je le pense et… pour être franc, ça m'inquiète de savoir que tu ne te sens pas à l'aise avec moi.

Il semblait sincèrement peiné.

— Oh ! mais non, Gus, c'est pas ce que je veux dire ! C'est juste l'endroit. Je ne me sens pas à ma place, parce que je n'ai personnellement pas les moyens de pousser la porte de ce genre de magasin, et que, sans toi, je n'y aurais sans doute jamais mis les pieds.

Mon explication ne sembla pas le convaincre. Je souris discrètement en l'attrapant par le col de sa chemise bleu ciel pour l'embrasser.

— Essaie de te mettre à ma place.

Il soupira en replaçant une mèche de cheveux derrière mon oreille.

— J'aimerais que tu te sentes à ta place à côté de moi, Ali, qu'on soit dans un quatre étoiles ou un fast-food.

— Ça n'a rien à voir avec toi. C'est juste que je suis... plus habituée à fréquenter les fast-foods que les quatre étoiles !

— Je ne vais quand même pas t'emmener dans un fast-food pour un anniversaire !

Je pinçai les lèvres. Julian, moi, une table au McDo du coin, une engueulade... Mes trente ans n'avaient résolument rien eu de « magique ».

— D'autres l'ont fait.

Gus soupira.

— Profitons des bons restaurants tant que je peux encore nous les offrir : si tout se passe comme prévu, dans quelque temps, j'aurais nettement moins les moyens de t'emmener dans ce genre d'endroit !

Il se rassit avec un air ravi. Moi, je ne souriais pas.

Gus n'était toujours pas officiellement célibataire et, plus le temps passait, plus la situation semblait lui peser. Je le surprenais souvent plongé dans ses pensées, le regard triste, mais je n'osais pas lui demander pourquoi les formalités traînaient autant en longueur. Il m'avait avoué apprécier ma discrétion, alors je respectais sa vie privée. Il ne m'avait plus jamais rien confié sur son mariage depuis le soir où nous avions dormi chez ses parents, et les rares fois où j'étais revenue sur le sujet, il s'était totalement refermé. Il laissait parfois échapper de petites phrases comme celle-ci, sous-entendant qu'il retrouverait bientôt sa liberté, mais j'ignorais s'il voyait vraiment le bout du tunnel ou s'il s'agissait simplement d'un moyen de garder espoir.

— Et pour Vic, dit-il en reprenant une tranche de brioche. Si je promets de passer tout mon samedi avec lui, tu penses que ça pourra le convaincre de nous laisser le vendredi soir ?

Je penchai la tête, songeuse.

— Hum, je peux essayer comme ça, oui.

— Tu lui diras que j'ai trouvé une salle d'arcade nettement plus près que Marne-la-Vallée.

— Ah oui ?

— Oui, en plein centre de Paris. Il va adorer !

Je réfléchis.

— Vous pourriez peut-être y aller tous les deux, entre salo... euh, entre garçons. Ça pourrait être sympa.

Il me jeta un regard inquiet.

— Tu veux dire... sans toi ?

— Oui. J'ai pas mal de choses à faire, et un après-midi sans Vic dans les pattes m'aiderait à... hum, remettre les choses en ordre, dis-je en me concentrant sur mon évier pour éviter de croiser son regard.

J'attrapai l'éponge et nettoyai des miettes imaginaires sur le bord de l'évier. Je sentais son regard insistant sur moi.

— Et puis..., ajoutai-je d'un ton détaché, si tu fais la nounou, sache que je paie très, très bien !

Je me tournai d'un quart pour lui adresser un clin d'œil. Il sourit.

— Rassure-moi, tu fais rarement garder Victor, n'est-ce pas ?

J'éclatai de rire.

— Consacre-moi ta soirée, belle gueule !

— C'est d'accord... mais t'es vraiment incroyable ! dit-il, apparemment halluciné par mon « appétit ».

— Quoi ? C'est pas génial entre nous ?

J'abandonnai mon éponge et fis le tour de la table pour le rejoindre. Il m'attrapa par la taille et m'embrassa. Ses mains glissèrent discrètement plus bas que mes hanches, tandis que notre baiser traînait en longueur. Je m'éloignai, à bout de souffle.

— Attention, tu vas devoir assumer les conséquences de tes actes, si tu continues…

Il rit et leva les mains en l'air pour me montrer qu'il ne me touchait plus. Il récupéra sa tasse qu'il emporta jusqu'à l'évier.

— Vous pourriez passer le week-end chez moi, pour une fois. Ça pourrait être sympa, dit-il tout en nettoyant sa tasse.

Je contemplai le couvercle de mon pot de confiture en me mordant la lèvre inférieure.

Depuis que nous avions commencé à nous voir, il venait à la maison la plupart du temps. J'appréciais, car cela permettait de ne pas trop perturber le rythme de Victor. Au début, il venait juste pour le week-end, du samedi midi au dimanche soir. Et puis, petit à petit, nos week-ends avaient commencé le vendredi soir pour se terminer le lundi matin. Depuis trois semaines, il venait également les mardis soirs. Vic n'ayant pas école le mercredi, ils profitaient de la soirée pour jouer tous les deux. Je leur préparais un bon petit plat, Gus m'aidait à coucher Vic, puis, nous partagions un agréable moment entre adultes… C'était simple, nous ne réfléchissions pas.

— Chez toi ?

Il déposa sa tasse sur l'égouttoir.

— Oui. On irait au ciné, puis on mangerait des sushis. Vic jouerait sur la console et puis, une fois qu'il serait couché, je pourrais... m'occuper de toi. Dans un vrai lit, pas un qui casse dès qu'on est un peu trop « enthousiastes », ajouta-t-il en levant les yeux au ciel.

— Hey, ne te prends pas pour un étalon ! Je suis certaine que cette latte avait une faiblesse !

Il rit en revenant m'embrasser. Je me laissai faire et retrouvai mon sérieux lorsqu'il s'éloigna.

— Tu es sûr qu'on peut venir chez toi ?

— Bien sûr. Pourquoi ? Tu penses que c'est trop tôt ?

— Non, m'empressai-je de le rassurer. C'est juste que... comme tu n'es pas encore officiellement divorcé, je me disais que c'était peut-être un peu risqué.

Il lâcha un ricanement amer.

— Alors là, il ferait beau voir qu'elle se serve de ça !

— Non, mais techniquement, on pourrait te reprocher d'être infidèle.

— Ça fait tellement longtemps qu'Isa et moi ne sommes plus un couple qu'à mon avis l'idée ne lui traverserait même pas l'esprit.

Je ne l'avais encore jamais entendu parler de cette façon, aussi froide et pleine de rancœur.

— Isa, hein ? relevai-je timidement.

Il sembla intrigué par ma réaction.

— Non, rien, ajoutai-je. C'est juste que... c'est la première fois que tu mentionnes son prénom.

Il détourna les yeux dans un soupir.

— Peut-être parce que ça n'a pas de sens de te parler d'elle.

— Je comprends, dis-je en lui caressant la joue.

Il me couva d'un regard débordant de bienveillance.

— Je viens te chercher vendredi vers 18 h ?

Je souris.

— 18 heures, ce sera parfait !

Après plusieurs bisous (dont un franchement dégoûtant), une blague graveleuse, quelques mains aux fesses et une tentative foireuse de l'attirer une nouvelle fois dans la salle de bains, Gus parvint à m'échapper en me promettant de revenir le lendemain soir. Officiellement, pour rattraper la soirée qu'il n'avait pas pu passer avec Vic. Officieusement, parce que nous avions de plus en plus de mal à nous passer l'un de l'autre.

À peine Gus parti, je m'assis devant mon vieil ordinateur portable et commençai à écumer les petites annonces. J'épluchai les offres d'emploi, à la recherche d'un poste de serveuse, de caissière, de vendeuse... Au point où j'en étais, impossible de rechigner sur la nature du travail.

Je n'en avais pas parlé à Gus, bien sûr, je n'avais pas envie que des soucis financiers s'immiscent entre nous, mais je me doutais qu'il avait deviné mon problème d'argent. Je n'étais plus aussi récalcitrante lorsqu'il proposait de nous conduire quelque part ou de nous offrir le dîner, et puis, il y avait eu ce terrible épisode au supermarché. Ce jour-là, nous étions allés acheter les ingrédients nécessaires à la fabrication du gâteau d'anniversaire de Vic, une tarte aux fraises, et ma carte bleue avait été refusée en caisse. Je m'étais embourbée dans une explication bancale, avec une histoire de chèque mal encaissé, mais il avait compris. Sans doute savait-il aussi que j'avais besoin de cet après-midi sans Vic pour me consacrer à la recherche d'un travail. J'appréciais le tact et la discrétion dont il faisait preuve vis-à-vis de cette situation un peu humiliante pour moi.

Je notai sur un post-it les numéros de trois fast-foods du coin qui cherchaient du personnel. Je n'avais plus le choix désormais, il fallait que je me résigne : je n'étais plus une pin-up et je devais mûrir. Bizarrement, l'idée de vieillir m'effrayait beaucoup moins qu'auparavant. Peut-être parce que la façon qu'avait Gus de me regarder me suffisait. Peut-être parce que j'avais appris qu'être belle dans les yeux de celui qui compte valait mieux qu'être belle dans les yeux de tous les autres.

J'attrapai mon portable et m'apprêtai à composer le premier numéro, quand on frappa à ma porte. Je m'arrêtai, le téléphone à la main, tendant l'oreille pour être certaine que c'était bien chez moi qu'on frappait, les murs de l'immeuble n'étant pas très épais.

On frappa très distinctement une deuxième fois. Je me levai et m'approchai de la porte pour coller l'œil au judas. J'aperçus une grande femme brune à l'allure stricte et au regard sévère. Peut-être une colporteuse ? Un témoin de Jéhovah ? Ou plutôt une employée de la mairie pour le recensement, vu son look de cimetière...

Je lui ouvris, sur mes gardes.

— Oui ?

17

Le regard de celle qui venait de frapper à ma porte glissa sur moi, puis elle arbora un sourire en coin. Je n'étais pas encore habillée et portais le débardeur et le minishort qui me servaient de pyjama. Mes cheveux étaient en désordre, car j'avais la fâcheuse tendance à les triturer dans tous les sens quand je stressais devant mon ordinateur. Pas maquillée, pieds nus… Je faisais « un peu » négligée.

— Mademoiselle Giardini ? Aliénor Giardini ? demanda-t-elle en plongeant son regard dans le mien.

Le ton, un peu formel, ne laissait rien présager de bon. Je pris quelques secondes pour l'observer.

Elle était habillée tout en noir, et ses cheveux bruns étaient ramenés en queue-de-cheval basse. J'observai une fraction de seconde la raie de ses cheveux, si parfaitement droite qu'on l'aurait crue tracée à la règle. Puis je revins vers son regard curieux. Avide, même, avec une pointe de… de quelque chose qu'on n'aime généralement pas apercevoir dans un regard qui se pose sur soi.

— Oui, c'est moi. Je peux vous aider ?

Elle sourit discrètement.

— Isabelle De Lantais. Je peux m'entretenir avec vous quelques instants ?

Je m'accrochai à ma porte, sentant mes genoux trembler.

— Ouh là, c'est… c'est-à-dire que… je… je suis assez occupée, là, et… je ne crois pas que…

— Ce ne sera pas long, m'assura-t-elle.

Je l'observai, les sourcils froncés. Son sourire se fit un peu moins discret.

— Rassurez-vous, je ne vous veux absolument aucun mal ! J'aimerais simplement discuter avec vous quelques minutes.

— Je n'ai vraiment pas beaucoup de temps. Je dois passer récupérer mon fils chez un ami.

— C'est l'affaire de cinq minutes, tout au plus, insista-t-elle.

Je me mordis la lèvre.

— S'il vous plaît, c'est très important, dit-elle en m'implorant du regard.

Je soupirai.

— Juste cinq minutes, alors, me résignai-je en ouvrant la porte pour l'inviter à entrer.

— Merci.

Je refermai derrière elle. Elle avança de quelques pas jusqu'au salon. Elle promenait les yeux partout, peut-être à la recherche d'une trace laissée par Gus. Je m'approchai d'elle. Hug se redressa sur son coussin, intrigué par notre visiteuse.

— Asseyez-vous, je vous en prie, lui proposai-je en lui désignant mon canapé défoncé par mes galipettes avec son ex-mari.

Elle se tourna vers moi. La petite étincelle de mépris au fond de ses yeux et son sourire narquois me mirent les nerfs en pelote.

— C'est, hum...

Elle s'arrêta là, cherchant un compliment à faire sur mon intérieur, quand ses yeux se posèrent sur Hug.

— Le petit chien est mignon, souffla-t-elle, soulagée.

Je me mordis la lèvre pour éviter de riposter et la regardai prendre place sur le canapé. Elle se tenait tellement raide qu'on aurait pu croire qu'elle essayait de toucher le moins de surface possible pour éviter d'être souillée. Si ce n'était pas suffisamment propre pour madame, elle n'avait qu'à passer le balai ! Elle semblait avoir l'outil adéquat caché au fond de l'arrière-train. Je soufflai discrètement pour tenter de retrouver mon calme.

Nous n'appartenions pas au même monde, et elle

avait manifestement envie de me le faire comprendre. Je l'observai un peu plus attentivement.

Sans être laide, elle avait plutôt le physique de quelqu'un... d'intelligent. Ni grande, ni petite, ni grosse, ni maigre, elle passait relativement inaperçue, et sa façon de regarder mes cuisses et mes seins, que mon débardeur ne cachait qu'en partie, montrait qu'elle était dévorée par la jalousie.

J'adoptai un sourire narquois, le même qu'elle, en fait.

Puisque je ne saurais pas répondre à ses attaques avec mon cerveau de moineau, j'allais m'imposer différemment. Je bombai le torse et caressai négligemment mes cuisses, tout en m'arrangeant pour faire remonter mon short.

— Vous voulez boire quelque chose ? lui proposai-je avec mon sourire « Ali, hôtesse de charme ».

Elle sembla un peu décontenancée par mon attitude et détourna les yeux en rougissant. Pour un peu, j'aurais pu imaginer que je lui plaisais !

— Oh ! je veux bien un verre d'eau. Si cela ne vous dérange pas, bien sûr.

— Je vais vous chercher ça.

Je me dirigeai vers la cuisine et attrapai un verre que je remplis au robinet, puis je revins au salon.

— Tenez.

— Merci, répondit-elle poliment.

Je croisai les bras sur la poitrine et restai debout, face à elle. Elle prit une gorgée du verre que je lui avais offert, puis le posa sur la table basse en silence. L'ambiance devenait insupportable.

— Bon, fis-je en tapant nerveusement du pied, vous vouliez discuter ?

— Oui, en effet.

Elle prit une profonde inspiration avant de planter ses yeux noirs au fond des miens.

— Je suis venue récupérer mon mari, annonça-t-elle sèchement.

Je baissai les épaules et soufflai. Je n'étais pas surprise. Dès qu'elle m'avait indiqué son nom, j'avais su que c'était ce qu'elle finirait par me dire.

— Écoutez, je ne sais pas comment vous avez trouvé mon nom et mon adresse, mais... vous ne pensez pas qu'il serait préférable d'en parler directement avec Gus ?

J'allai m'asseoir près d'elle.

— J'ai essayé, mais... ça va bientôt faire trois mois qu'il ne répond plus à mes appels.

Elle s'interrompit pour essuyer une larme. Je levai discrètement les yeux au ciel. Consoler la femme d'un amant, voilà bien ce que, même dans mes pires cauchemars, je n'avais jamais envisagé !

— Je... Je ne sais pas ce qu'il vous a raconté à mon sujet, reprit-elle, des trémolos dans la voix, mais j'imagine qu'il n'a pas été tendre : il m'en veut tellement !

Je soupirai.

— Rien. Je ne sais strictement rien sur vous. Nous n'avons jamais parlé de vous, ni de votre mariage, ni de quoi que ce soit qui vous concernait.

Gus avait eu la noblesse de ne jamais l'égratigner devant moi, et je voulais lui en rendre hommage. Elle parut soulagée.

— Vous avez un petit garçon, c'est ça ? demanda-t-elle en désignant les crayons et un dessin de Vic qui traînaient sur la table.

Je hochai la tête sans pouvoir m'empêcher de sourire en pensant à lui.

— Oui, Victor. Il a sept ans.

— Et... il connaît Gustave ?

Je fermai les yeux. Putain, mais dans quoi je m'embarquais, là ?

— Oui, il le connaît. Et il l'apprécie... beaucoup.

C'était en deçà de la réalité. Gus était devenu indispensable à Vic : c'était un mentor, un ami, un frère, parfois même, un peu un beau-père. Mais ça, pas la peine de le lui jeter à la figure.

Elle essuya une nouvelle série de larmes.

— Comment vous êtes-vous rencontrés ?

J'hésitai un instant, très mal à l'aise.

À ses yeux, j'étais la maîtresse, la pouffe qui avait

séduit son mari, celle qui avait gâché toutes les chances de voir son mariage survivre. Elle avait besoin de savoir et je pouvais le comprendre.

— Nous nous sommes rencontrés dans un Salon. J'étais hôtesse là-bas, et nous avons… sympathisé, expliquai-je en tentant de rester le plus vague possible.

— Je comprends : vous êtes absolument magnifique !

Elle éclata en sanglots. Quelle torture !

— Écoutez, soufflai-je en me redressant. Je ne sais absolument pas quoi vous dire, et je ne comprends pas ce que vous attendez de moi, mais je crois que vous devriez discuter avec Gus. Allez le voir à son bureau, ou même chez lui. Si vraiment il cherche à vous fuir, coincez-le, poursuivez-le, obligez-le à vous parler et à vous dire ce qu'il a sur le cœur ! Vous trouverez peut-être les arguments pour le convaincre… ou peut-être qu'il saura… trouver les mots pour vous faire comprendre… ce qu'il ressent.

Ma façon de parler n'était pas très adroite, mais elle ne sembla pas le remarquer.

— Si vous saviez comme je l'aime…, glissa-t-elle entre deux sanglots.

Mon cœur se contracta dans ma poitrine, j'avais l'impression d'étouffer.

— Vous savez, Gustave et moi, nous nous sommes rencontrés il y a déjà dix ans. À l'époque, je venais d'obtenir mon diplôme et j'avais pris un petit boulot de gratte-papier dans un magazine à cancans pour payer mon loyer. Je guettais les piges qui me permettraient de faire mon trou dans la profession et d'accéder à quelque chose de plus prestigieux.

Elle s'arrêta pour renifler. Je ne comprenais pas bien pourquoi elle éprouvait le besoin de me raconter tout ça, mais comment l'arrêter ? D'autant plus que, de mon côté, j'avais besoin de savoir ce que Gus ne me dirait jamais.

— Un soir, j'ai été invitée à une soirée par une amie, continua-t-elle. Je n'acceptais jamais les sorties, pourtant, ce soir-là, je ne sais pas pourquoi, j'ai dit oui. Et il était là.

Elle souriait, les yeux dans le vide, toute à ses souvenirs heureux. Personnellement, je commençais à avoir la nausée.

— Il venait de se lancer avec Edward. Ils avaient des envies et des projets plein la tête. Au début, je le trouvais un peu trop exalté pour moi, mais apparemment je lui plaisais, dit-elle en riant, alors, il a insisté et... comment lui résister ?

OK : l'enfer. Mon appartement venait officiellement de devenir la succursale de Satan.

— Entre nous, c'était inexplicable, incroyable même, poursuivit-elle, nostalgique. Il y avait cette petite étincelle, cette complicité que tout le monde nous enviait. Nous avons rapidement emménagé ensemble, puis deux ans après notre rencontre, il m'a demandé de l'épouser.

Elle regarda son annulaire gauche où se trouvait son alliance, la jumelle de celle que j'avais ôtée à Gus. J'avais une énorme boule dans la gorge. En l'écoutant me parler de son bonheur avec Gus, je me sentais m'enfoncer dans un abîme de culpabilité teintée d'envie et de jalousie.

— C'était à Venise. Je savais qu'il allait me faire sa demande parce qu'il me cachait des choses, alors qu'il ne me cachait jamais rien. (Elle s'arrêta pour renifler.) On s'est mariés en mai de l'année suivante, chez ses parents. Une belle cérémonie, entourés de tous les gens que nous aimions. Il y avait beaucoup de monde, je voulais que chacun sache à quel point nous étions heureux. Gus trouvait que c'était un peu trop, mais j'avais toujours rêvé d'un grand mariage.

Si elle continuait comme ça, j'allais vomir. Là, sur la moquette crado de mon petit appart merdique.

— Huit années ont passé. Huit ans d'un merveilleux mariage, sans nuages, d'une vie pleine d'amour et de réussite. Nous avions tout : une belle maison, un travail épanouissant, la réussite du projet de Gus… Il ne nous manquait rien. Enfin, presque rien.

Je la regardais fixement. Tout à coup, j'avais peur. Elle ravala péniblement sa salive.

— Je voulais un enfant, mais il n'était pas prêt. Il

n'avait pas le temps, il repoussait toujours, continua-t-elle en défaisant le premier bouton de son manteau. Ce n'était pas le moment, il voulait encore faire ceci, ou terminer cela...

Elle continuait à déboutonner son vêtement, et je savais. Je savais exactement ce que je verrais au moment où elle ouvrirait les pans de son large manteau noir. Je fermai les yeux une seconde et les rouvris. Elle me fixait tristement, une main posée sur son ventre à peine renflé, mais déjà plein de promesses.

— Alors, j'ai décidé de prendre les choses en main et j'ai réussi à tomber enceinte. Je pensais naïvement qu'il changerait d'avis en s'apercevant que c'était fait, mais je me suis trompée. Il était furieux et m'a accusée de l'avoir trahi. Il a fait ses valises et a quitté la maison.

Elle s'arrêta là, tremblante d'émotion. J'ignorais quoi dire. J'étais désespérée : comment imaginer une seconde que l'homme que j'aimais avait abandonné sa femme enceinte de son enfant, quand, de mon côté, j'avais pris la décision d'élever l'enfant que des irresponsables avaient laissé derrière eux ? Elle mentait, impossible qu'il en soit autrement. Ou bien... c'était Gus qui mentait ? Il restait tellement secret depuis le début de notre relation, sans parler du silence qu'il entretenait autour de sa précédente vie et de son interminable divorce. À ce moment-là, j'avais dans la tête les mensonges de tous ces hommes qui m'avaient dupée par le passé. Julian, mon père, mon beau-père, mes frères, les copains frileux, les maris honteux, les étalons d'une nuit… Et si Gus ne valait pas mieux qu'eux ?

— Oh ! je ne suis pas innocente dans cette histoire, ajouta-t-elle en se reprenant. J'ai commis des erreurs, bien sûr, mais… c'est parce que je l'aime que je voulais cet enfant, parce que je désirais que nous formions une vraie famille… Il me manque tellement, si vous saviez !

Je n'arrivais plus à déglutir, penser ou parler. Tout venait de s'écrouler.

— Vous avez un petit garçon, vous savez à quel point c'est une énorme responsabilité, n'est-ce pas ? demanda-t-elle.

— Oui, répondis-je dans un murmure.

— Pourrez-vous être celle qui a brisé une famille ? Celle qui aura enlevé son père à un enfant, juste pour une histoire de sexe ?

J'ouvris la bouche. J'allais protester, lui dire que Gus et moi, ce n'était pas uniquement physique, que nos sentiments étaient profonds et vrais, que nous étions complémentaires… mais je me ravisai.

J'avais en face de moi une femme malheureuse, et son état me laissait penser qu'elle était fragile. Inutile de la faire souffrir davantage en lui jetant à la figure que Gus et moi étions sincèrement amoureux.

— Non, soufflai-je.

Elle s'essuya le nez.

— Je ne vous demande pas de renoncer à Gustave, mais... vous avez sans doute un peu d'influence sur lui. Si vous pouviez lui parler, le raisonner, juste pour que nous puissions discuter... qu'il me laisse une chance de le convaincre que notre mariage vaut la peine d'être sauvé et que, oui, nous pouvons encore être une famille.

Je restai là, prostrée. J'avais l'impression de m'écrouler de l'intérieur.

— Vous n'êtes pas obligée de le faire pour moi, fit-elle en caressant son ventre arrondi. Mais faites-le... pour lui.

Elle m'achevait, là. Impossible de refuser !

— Je... Je lui parlerai, lui assurai-je, la gorge nouée.

Elle sourit.

— Merci, Aliénor.

Lorsqu'elle eut franchi le seuil de mon appartement, je retournai m'asseoir sur mon canapé. Hug sauta à côté de moi en battant de la queue. Je le caressai machinalement, le regard perdu. Pourquoi ? Pourquoi fallait-il que notre histoire se termine comme ça ? Je lui faisais confiance, pourtant... Je m'affaissai contre le dossier en soupirant. Hug en profita pour grimper sur mes genoux. Quelle abrutie !

Je m'étais emballée, je lui avais accordé aveuglément ma confiance. Je m'étais fait avoir, un peu trop éblouie par son assurance, son allure soignée et ses belles manières. J'aurais dû réaliser que tout ça cachait forcément quelque chose. J'aurais dû lui poser des questions, l'obliger à me raconter les détails de sa vie et approfondir les raisons de son divorce, avant de me jeter à corps perdu dans cette histoire, en y entraînant Victor.

Je plissai les yeux. Vic allait terriblement souffrir. Mais pourquoi... pourquoi, pourquoi, pourquoi n'avais-je pas réfléchi avant de le mêler à tout ça ! ! Quelle conne !

Je me redressai, faisant sursauter Hug au passage, et attrapai mon portable pour composer le numéro de Gus. Les sonneries s'enchaînèrent. Puis son répondeur s'enclencha.

— Gus ? C'est moi, Ali. J'ai... Ta femme vient de sortir de chez moi et... Il faut qu'on parle. Vite, dis-je en abandonnant le canapé pour faire les cent pas. Peux-tu me rappeler rapidement, s'il te plaît ? J'attends ton appel. Bye.

Je raccrochai et jetai mon téléphone sur le canapé. Hug suivait mes moindres faits et gestes du regard.

J'entrai dans la chambre de Vic et ouvris le tiroir de

sa commode qui m'était réservé. J'attrapai quelques vêtements à la va-vite, lorsque mon téléphone sonna dans le salon.

Je sortis de la chambre en trombe pour répondre : c'était Gus.

— Allô ?

— Qu'est-ce que c'est que cette histoire ? Qu'est-ce qu'elle est venue faire chez toi ?

Je sursautai. Il semblait hors de lui. Je ne l'avais encore jamais connu dans cet état.

— Calme-toi, Gus. Je… Elle est venue me parler de vous, des raisons pour lesquelles elle voulait… te récupérer.

Je soupirai en me pinçant l'arête du nez.

— Tu peux passer pour qu'on en parle ? Ce sera plus simple qu'au téléphone.

Il souffla bruyamment, sans doute pour tenter de se calmer.

— J'ai une journée chargée. Je peux passer ce soir ?

— Évidemment. Rappelle-moi quand tu seras en chemin.

— Bien. À ce soir, dit-il froidement.

— À ce soir.

18

Il n'était pas loin de 20 heures, et je tournais comme un lion en cage. Gus m'avait appelée quarante-cinq minutes plus tôt pour m'informer qu'il quittait Paris. Je marchais en long et en large dans l'appartement, m'arrêtant de temps en temps pour fumer une cigarette. J'essayais d'organiser mes pensées, de maîtriser mes émotions pour pouvoir mener une conversation qui m'apporterait toutes les réponses dont j'avais besoin.

J'avais passé la journée à réfléchir à notre avenir à tous les trois. Je l'aimais, évidemment, et je savais que lui aussi, même si nous ne nous l'étions pas encore dit, mais pouvions-nous sortir indemnes d'une telle épreuve ? Le mensonge me paraissait tellement lourd.

Je secouai la tête pour oublier : je refusais de répondre à la question. Il fallait avant tout que nous parlions, lui et moi, que nous arrêtions les cachotteries et qu'il me donne sa version de l'histoire. Après tout, peut-être avait-il des arguments pour justifier un tel comportement ! Je me passai les deux mains sur le visage, dépitée : quelle explication pouvait justifier d'abandonner un enfant ?

— Ça va pas, maman ? me demanda Victor.

Il venait de prendre sa douche et s'était mis en pyjama. Je me forçai à sourire.

— C'est rien, mon petit loup. J'ai juste quelques soucis, mais rien de grave.

— Tu veux de l'aide ?

Je m'approchai de lui et lui caressai la joue.

— Non, mon poussin, merci. T'es un amour.

Je me penchai pour l'embrasser sur le front. Il me laissa faire.

C'était lui, l'essentiel ; je devais faire ce qu'il y avait de mieux pour lui. Et uniquement pour lui.

L'Interphone sonna enfin. J'abandonnai Vic pour ouvrir à Gus. Je l'attendis dans l'entrebâillement de la porte, impatiente. Il arriva rapidement.

— Bonsoir, me salua-t-il d'un air grave.

Il m'attrapa par la nuque et m'embrassa. Je fermai les yeux en m'accrochant à lui. Sa façon de m'embrasser me fit trembler ; il y avait quelque chose de désespéré dans ce baiser, quelque chose qui me disait que c'était le dernier.

Il s'éloigna.

— Qu'est-ce qui s'est passé ? Raconte-moi.

— Viens, lui dis-je en l'invitant à entrer.

Vic le salua comme il le faisait toujours.

— Salut, Gus !

— Salut mon grand, répondit celui-ci en lui passant la main dans les cheveux pour les ébouriffer.

Je fermai la porte derrière nous.

— Vic, va dans ta chambre, s'il te plaît. Gus et moi, on doit parler.

— Mais il vient à peine d'arriver !

— Vic, s'il te plaît, insistai-je.

— Mais…

— Tu ne discutes pas et tu vas dans ta chambre ! ordonnai-je alors avec fermeté.

Vic me regarda quelques secondes avant de baisser les yeux en comprenant que ce ne serait pas négociable. Il se dirigea vers sa chambre à contrecœur et fit claquer la porte derrière lui. Je soupirai en avançant vers le salon.

— Pourquoi Isabelle est-elle venue te voir ? me demanda Gus.

Je l'observai par en dessous. M'avait-il menti tout ce temps ?

— Elle m'a dit qu'elle était venue pour te récupérer.

Il fronçait les sourcils, son regard plongé au fond du mien.

— C'est tout ce qu'elle t'a dit ? Qu'elle voulait me récupérer ? Rien d'autre ?

Je baissai les épaules, dépitée.

— Gus, elle... elle m'a raconté toute votre histoire, votre mariage, votre bonheur et... elle pleurait tout le temps, c'était horrible !

— C'est tout ce qu'elle t'a raconté ? Notre mariage ? me redemanda-t-il calmement.

Je secouai la tête. Je lus la crainte dans son regard : il avait peur de ce qu'elle avait pu me révéler. Je me passai les deux mains sur le visage en me dirigeant vers le canapé, puis m'y laissai tomber, agacée.

— Gus, pourquoi tu ne m'as pas dit qu'elle était enceinte ?

Il se referma complètement en m'entendant prononcer le mot que nous avions évité jusque-là. Il serra les poings et regarda ailleurs.

— Ça ne te concernait pas.

— Ça ne me concernait pas ? Comment tu peux dire ça ? Ta femme est enceinte, tu la largues parce que tu ne veux pas de cet enfant, et ça ne me concerne pas ? T'es sérieux ?

Il me jeta un regard glacial.

— Qu'est-ce que ça aurait changé ?

— Qu'est-ce que... Non, mais, tu débloques, là ? C'est plus seulement une histoire d'adultes qui ne s'aiment plus, y a un bébé dans l'équation, un être innocent qui n'a rien demandé à personne !

Tu as des responsabilités à assumer, Gus, elles me concernent aussi !

Il souffla.

— Donc, je n'ai pas le choix, c'est ça ? Sous prétexte que c'est un enfant, je dois faire une croix sur tout ? Sur la confiance que j'avais en elle et sur le droit de choisir quand et comment je voulais devenir père ?

Son ton était dur et froid, je ne le reconnaissais pas.

— Gus, je peux comprendre que vous n'ayez plus de sentiments l'un pour l'autre… ou plutôt, si j'ai bien compris, que tu n'aies plus de sentiments pour elle, mais tu n'as pas le droit d'abandonner ton bébé !

— Tu ne comprends pas. Tu ne peux pas comprendre…

Je me levai et avançai vers lui. Je lui enserrai le visage de mes mains pour l'inviter à me regarder. Il me résista.

— Gus, regarde-moi.

Il daigna enfin me regarder dans les yeux.

— Explique-moi pourquoi tu veux faire subir à cet enfant ce que ses parents ont fait subir à Victor ? Un enfant, c'est ce qu'il y a de plus précieux dans une vie. Alors oui, il va donner un nouveau sens à ton existence, bousculer tes priorités et tes habitudes, mais ça en vaut la peine, crois-moi. Ça en vaut mille fois la peine.

Je lui adressai un sourire rassurant auquel il resta indifférent.

— Il va tout changer, mais... tu seras très heureux. Tu seras très, très heureux, ajoutai-je pour le convaincre.

Il me fixa un long moment, sans un mot. Son regard changea progressivement. La tendresse et l'admiration qu'il y avait toujours dans ses yeux quand ils se posaient sur moi disparurent progressivement pour laisser place à la tristesse et la déception.

— C'est vraiment ce que tu penses ? Pour toi, avoir un enfant serait plus important que nous ? Plus important que moi ?

Il détacha mes mains de son visage. Je secouai la tête.

— Non, évidemment que non. C'est quelque chose qu'on doit envisager à deux, évidemment, et je comprends que te faire piéger de cette façon a dû être désagréable, surtout si tu ne te sentais pas prêt, mais il est là, maintenant. Et ça doit être ta priorité. Avant Vic. Avant moi.

Il hocha la tête et demeura un instant silencieux. Il semblait absorbé par ses pensées, ce qui me donna de l'espoir. Je voulais encore croire qu'il était un type bien, qu'il ne tournerait pas le dos à cet enfant qui avait besoin de lui.

Puis ses traits se durcirent d'un coup. Lui, d'ordinaire si doux, semblait soudain haineux.

— Si c'est effectivement ce que tu penses, alors je crois qu'il est préférable d'en rester là.

J'écarquillai les yeux, choquée.

— Pardon ?

Il s'éloigna.

— C'est tellement facile de donner des leçons aux autres !

— Qu'est-ce que tu racontes ? demandai-je en jetant un coup d'œil à la porte de la chambre de Vic.

Le ton était monté d'un cran. Gus lâcha un ricanement moqueur. Il était méconnaissable.

— Parce que tu crois que tu peux me donner des leçons sur mon comportement ? C'est bien beau de balancer aux autres ce qu'ils devraient faire, quand on n'est même pas capable de prendre sa propre vie en main.

J'en laissai tomber ma mâchoire, écœurée. Était-ce vraiment ce qu'il pensait de moi ?

— Tu comptes garder Victor jusqu'à quand, comme ça ? continua-t-il. Jusqu'à ce que sa mère irresponsable ou son père camé viennent le chercher ?

— Tais-toi ! lui ordonnai-je en atteignant la porte du salon.

— Si tu voulais vraiment son bonheur, tu aurais déjà fait ce qu'il fallait pour le protéger de ces gens-là.

— Gus, ferme-la.

Je fis claquer la porte du couloir. Je sentais la colère

monter en moi. Je jetai à Gus un regard meurtrier qu'il soutint sans trembler.

— Mais non, ça te fait trop chier de prendre des initiatives, de faire l'effort des démarches et de te remettre en question ! La duchesse d'Aquitaine n'a pas envie de bousculer son petit monde, où elle se sent tellement bien, où elle a trouvé un sens à sa petite vie ridicule, en se tapant lamentablement des pauvres types mariés. Elle préfère rester les deux pieds dans la merde où elle est née et où elle...

J'avançai jusqu'à lui pour lui coller une gifle magistrale. Il ne m'avait pas vue venir, et sa tête fit un drôle de mouvement.

Je ne voulais pas que Victor entende ces choses-là, ni qu'il m'entende crier. Alors c'était tout ce que j'avais trouvé pour le faire taire.

Je lui montrai la porte.

— Tu sais quoi ? La première impression est toujours la bonne : casse-toi de chez moi, espèce de trou du cul !

Il me jeta un dernier regard haineux avant de quitter la pièce d'un pas pressé. Il fit claquer la porte de l'appartement derrière lui.

Je restai debout au milieu du salon, les bras croisés, tremblante. J'avais du mal à tout comprendre : je venais de lui asséner la gifle du siècle, pourtant, c'était moi qui ne parvenais pas à me remettre du coup.

J'entendis le bruit d'une porte et vis la petite frimousse de Vic apparaître dans le couloir. Il était tout blanc, les yeux anormalement écarquillés.

— Oh ! mon bonhomme, ce n'est rien, dis-je en avançant vers lui.

Je m'agenouillai pour être à son niveau et le pris dans mes bras. Il ne réagit pas.

— Tu vas aller faire un gros dodo, d'accord ?

Il se contenta d'approuver d'un hochement de tête. Je me relevai et l'attrapai par la main pour le ramener jusqu'à sa chambre. Je le laissai s'installer dans son lit, puis le bordai.

— Tu veux une histoire ? proposai-je en attrapant son livre sur les dinosaures sur sa table de nuit.

Il ne répondit rien, perdu dans ses pensées. J'ouvris nerveusement le livre et fis tourner les pages pour trouver celle où nous nous étions arrêtés la dernière fois.

— Ali, fit-il tout doucement.

— Oui ? répondis-je en m'asseyant près de lui.

Il me fixait, anxieux, ses petits doigts jouant sur le bord de la couette.

— Tu resteras toujours avec moi, hein ?

Je pinçai les lèvres en me concentrant sur son livre : il avait entendu Gus.

— Évidemment, mon bonhomme. Je peux te dire que t'es pas près de ne plus m'avoir sur le dos !

Je déposai un bisou sur sa joue.

— Tu t'es disputé avec Gus ? demanda-t-il d'une petite voix qui traduisait son inquiétude.

— Oui, avouai-je en retournant à mon livre.

— Mais… vous vous êtes disputés pour toujours ?

Je soupirai devant son regard triste.

— Je ne sais pas.

Il ne dit rien, se contentant de ramener la couette jusqu'à son nez.

— Pourquoi ? Ça t'embêterait que Gus ne vienne plus à la maison ? demandai-je en lui passant la main dans les cheveux.

Il ferma les yeux.

— Oui. J'aime bien quand il est là : tu souris tout le temps.

Mon cœur se serra.

— Bon, soufflai-je en tentant de ne rien trahir de mon émoi. Alors, où on en était ? Ah oui : le tyrannosaure !

Après huit pages, il s'endormit enfin. Il ne lui en fallait que trois habituellement. Je posai le livre sur mes genoux et le regardai dormir.

Ça n'avait pas été une évidence, de le garder auprès de moi. Je n'étais pas faite pour être mère ; je ne savais pas comment faire ou réagir. Ma paire de chromosomes X ne me parlait pas, mon instinct maternel était désespérément resté muet, alors j'avais appris.

Appris à changer des couches, à dire non, à instaurer des règles, à nourrir, nettoyer, habiller, à maîtriser ma colère, à faire passer son bonheur avant le mien, à m'inquiéter pour rien, à cacher les horreurs des adultes, à offrir du rêve, à protéger, et puis, surtout, à ne jamais rompre mes promesses. Je ne voulais pas lui faire de mal et je n'aurais jamais laissé quelqu'un lui en faire. Je l'avais bien trop entendu pleurer quand il attendait désespérément sa mère, et je m'étais juré qu'il ne pleurerait plus jamais quelqu'un qu'il aimait.

Je me penchai pour l'embrasser sur la joue.

— Bonne nuit, mon petit loup, chuchotai-je.

Je quittai sa chambre sans bruit. J'attrapai mon paquet de cigarettes et me collai à la fenêtre pour regarder les lumières de la nuit. Les mots de Gus résonnaient dans ma tête à m'en faire mal. Il avait visé mes points faibles, su manier les mots pour taper là où il fallait. Il avait frappé si fort et si vite que j'avais à peine eu le temps de réagir. Il savait que je ne supporterais pas de l'entendre m'attaquer à propos de Vic, et que je le mettrais à la porte pour ne pas en entendre davantage. Pourquoi l'avais-je mis à la porte, d'ailleurs ? Parce qu'au fond, il avait raison, ce salopard.

Je repensai aux deux mois passés ensemble, et j'étais horrifiée : tous ces beaux moments, tous ces instants passés comme une drôle de petite famille, tous les projets qu'il avait faits avec nous, tout était factice. Il avait profité de moi comme les autres, mais ce n'était pas le pire. Moi, je m'en remettrais. Des salauds, j'en avais vu défiler quelques-uns dans mon lit, on m'avait brisé le cœur un paquet de fois. Mais Vic, lui, ne s'en remettrait pas. Un adulte n'avait pas le droit de trahir ainsi un enfant de sept ans.

Je tirai vivement sur ma cigarette en tremblant de rage.

Ce n'était qu'un minable, une raclure, un mec comme il y en avait tant, égoïste et obsédé ! Maintenant que nous l'avions percé à jour, il avait préféré se débarrasser de nous plutôt que d'assumer le fait qu'il n'était qu'un sale type. Il avait raison : ce n'était pas « M. Perfection », c'était « M. Grosse Merde », oui.

J'enchaînai quatre cigarettes. Fumer m'avait toujours aidée à réfléchir et à prendre les bonnes décisions.

Je devais tout reprendre. Je ne pouvais plus continuer ainsi. Pour Vic, je ne devais plus jamais faire l'erreur que je venais de commettre. Je ne voulais plus le voir triste et, surtout, je ne voulais plus qu'il s'inquiète pour notre avenir.

Je me dirigeai vers mon ordinateur et m'installai devant la table basse. Je passai une heure à faire des recherches, à sauter de pages officielles en forums d'anonymes. Je finis par attraper mon téléphone et hésitai une seconde. Il était 23 heures, peut-être allais-je les tirer du lit ? Oui, mais ils m'avaient assurée de m'aider quand j'en aurais besoin, et demain, je n'en aurais plus le courage. Il y eut deux sonneries.

— Ali ? Qu'est-ce qui se passe ? Pourquoi tu appelles aussi tard ?

J'eus un petit sourire.

— Bonsoir, m'man. Je… Désolée pour l'heure, mais… voilà : j'ai besoin d'aide.

19

Angela habitait un petit pavillon dans une agglomération située à une trentaine de minutes d'Argenteuil. Après plusieurs appels restés sans réponse, elle m'avait enfin rappelée pour me proposer de la retrouver chez elle. J'avais donc emprunté la voiture de mes parents pour pouvoir lui rendre visite, ce jeudi après-midi. Je ne devais pas trop traîner afin de récupérer Vic à 16 heures et enchaîner avec mon service du soir, à 18 h 20.

Je ne voulais pas venir les mains vides, alors j'avais opté pour une boîte de chocolats. Comme moi, Angela avait mis fin à son contrat avec l'agence, pour des motivations différentes des miennes : elle avait comme projet de se lancer dans la décoration.

Je sonnai chez elle un peu avant 14 heures. Elle m'ouvrit dans la seconde.

— Ali ! Ça me fait tellement plaisir de te voir.

Quelle ligne ! Tu es su-bli-me ! T'as maigri, non ? Je te trouve plus mince, dit-elle en admirant ma silhouette dans ma petite robe noire.

Je souris amèrement : je m'étais affinée partout, sauf sur mes saloperies de hanches qui n'avaient pas bougé, elles.

— Un peu, oui, répondis-je avec un haussement d'épaules. Il y a des moments dans la vie où l'on n'a plus vraiment d'appétit.

— Ah. Les procédures qui t'inquiètent, j'imagine ?

Je ris.

— Oui, disons que c'est ça.

Elle fronça les sourcils.

— Mouais... Entre, on sera mieux à l'intérieur pour discuter de tout ça.

Je passai la porte du pavillon et lui tendis mon petit sac aux couleurs d'un grand chocolatier belge.

— Je sais que tu vas me détester, mais bon... je ne voulais pas arriver les mains vides.

— Oh ! des chocolats ? T'es un amour ! Gabriel va être ravi : il adore ça, dit-elle en se saisissant du sachet. Et ton Victor, ça va ?

Elle referma la porte de la maison, tandis que j'examinais son intérieur.

Il y avait trop de fleurs à mon goût, et le saumon n'avait jamais fait partie de mes couleurs. Quant à cette odeur écœurante... De l'encens ou de l'essence de vanille ? Un truc censé sentir bon, ce qui était complètement raté.

— Il va bien. C'est un vrai soutien dans mes démarches, un véritable amour, dis-je sans pouvoir détacher mon regard de ses rideaux bariolés dans les tons mauves, roses et orange.

— Ah oui ?

Elle tendit les mains pour me débarrasser de ma veste.

— Oui, répondis-je en la retirant pour la lui tendre. On a rempli les papiers ensemble pour qu'il comprenne bien ce qui était en train de se passer et... je l'ai laissé discuter avec Déborah au téléphone.

— Ouh là, ça, ça n'a pas dû être facile pour toi, non ?

Je soupirai.

— Je savais que ce serait un passage obligatoire si je désirais légaliser la situation. Ils n'ont pas discuté longtemps, mais ça a suffi à rassurer Déborah et à la convaincre de remplir l'autorisation d'adoption. Tout est chez le juge, là, il n'y a plus qu'à attendre.

— C'est une excellente nouvelle !

Je fis la moue.

— Oui, enfin, il nous reste beaucoup d'étapes à franchir : le juge peut réclamer une enquête sociale, une expertise psychologique, ou même un placement. Ce qui prendra énormément de temps... Il va falloir patienter, or la patience, ce n'est pas la qualité principale de mon petit loup !

Elle posa une main réconfortante sur mon épaule.

— Allez, je suis certaine que tout va très bien se passer.

— Je l'espère. Il a un peu de mal à comprendre qu'il restera lié à Déborah malgré l'adoption. Ça n'a pas de sens pour lui d'être lié à une personne qu'il ne connaît plus vraiment.

— C'est une adoption plénière ou… ?

— Non, simple. L'avocat que mes parents m'ont aidée à payer m'a orientée au mieux pour éviter que nous soyons séparés. C'est lui qui m'a conseillé de retrouver Déborah au plus vite.

— Elle a tout de suite accepté de te le laisser ?

— Hum… Quand je l'ai eue au téléphone, la première fois, elle était tendue. J'ai cru qu'elle était gênée d'avoir abandonné Vic et qu'elle avait des remords, mais non : elle craignait que je veuille lui rendre le petit. Elle a refait sa vie en Allemagne, elle a deux petites filles, et son mari ignore qu'elle a déjà un fils. Apparemment, elle est très heureuse, et elle était terrorisée à l'idée que son ancienne vie puisse interférer avec la nouvelle.

— Mais quelle horreur ! Un enfant, ce n'est pas un meuble, elle doit assumer !

Je souris en l'entendant s'exprimer ainsi.

— Je ne la critiquerai pas. Moi-même, je n'ai pas toujours été irréprochable dans mes choix de vie. Et puis, j'ai envie de penser que les choses sont bien faites, et que Vic était fait pour moi.

Angela sourit.

— Oui, heureusement que Vic est tombé sur toi, c'est sûr. Il a eu de la chance !

— Oh ! ça, je ne sais pas ! plaisantai-je. Et toi, alors, ça va mieux ?

D'un geste, elle m'invita à prendre place sur son canapé.

— Ça va beaucoup mieux, oui, même s'il me reste encore pas mal de chemin à parcourir. Nous aussi, on a entamé les démarches pour l'adoption, on est en attente de la réponse avant de pouvoir passer à l'agrément. Café ?

Je m'assis à l'endroit qu'elle venait de me désigner.

— Avec plaisir.

Elle s'éloigna vers la cuisine. Mes yeux furent alors attirés par un tableau accroché sur le mur juste en face du canapé. Il représentait grossièrement une femme nue sur la plage, dans une pose lascive. Je m'empourprai en réalisant que cette femme brune (une vraie brune, pas de doute là-dessus, vu la touffe entre ses cuisses) était certainement Angela elle-même.

— Tu aurais dû nous parler de tes problèmes, tu

sais. On pouvait t'aider, dis-je en haussant la voix pour qu'elle m'entende de la cuisine.

Je l'entendis rire.

— C'est très compliqué d'en parler, tu sais. Émotionnellement et même physiquement, c'est vraiment difficile à gérer… C'est pour cette raison que je ne t'ai pas rappelée tout de suite : il me fallait du temps pour être capable d'en parler sans éclater en larmes ou déprimer.

Elle revint vers moi avec un plateau en argent chargé d'un service à café en porcelaine blanche et bleue. Elle remplit une des tasses, qu'elle me tendit.

— Merci.

— Sucre ?

— Sucrette.

Elle attrapa un des petits sachets roses sur le plateau et me le tendit. Je posai ma tasse sur la table juste devant moi et ouvris le sachet, dont je vidai le contenu dans le liquide noir.

— Mais… tu as réussi à tomber enceinte ou… ça ne marche pas ? Si ce n'est pas trop indiscret, bien sûr, m'empressai-je d'ajouter pour excuser ma curiosité.

J'attrapai ma tasse et la portai à mes lèvres. Angela s'assit dans un fauteuil.

— Oh ! ne t'en fais pas. Ça ne me dérange plus d'en parler ! Je n'arrive tout simplement pas à tomber enceinte.

— Ah.

— On a essayé pendant trois ans avant de consulter. Après une batterie d'analyses, le couperet est tombé : Gabriel souffre d'oligospermie.

Je lui jetai un regard interrogateur par-dessus ma tasse. Elle termina d'avaler sa gorgée de café.

— En clair, son sperme ne contient pas suffisamment de spermatozoïdes, ce qui rend la fécondation compliquée.

Je hochai timidement la tête, un peu gênée d'entendre parler de sperme de façon aussi détachée. Pour elle, il ne s'agissait plus de ce mot qui faisait glousser ou rougir, selon les situations, mais du liquide biologique porteur du capital génétique de son mari. Et il y avait quelque chose de triste à l'entendre parler comme un médecin.

— Pour arranger les choses, dit-elle dans un soupir, je fais une sorte de blocage psychologique en lien avec nos échecs.

Je la regardai, peinée.

— Mais... vous avez quand même une chance d'y arriver ?

Ma façon de parler sembla l'amuser.

— Oui, bien sûr, c'est possible, même si les chances sont maigres. C'est pour ça que l'on continue d'essayer, d'ailleurs, mais on ne veut plus d'aide médicalisée : c'est beaucoup trop difficile à endurer. La fécondation in vitro, c'est le parcours du combattant, et je t'assure qu'après trois échecs tu commences à te demander si ça en vaut la peine.

— C'est à ce point ?

— Je ne sais pas si tu peux imaginer… Ton corps qui devient un outil des médecins, cette désacralisation de la conception qui aurait dû être un moment important de notre vie, la déshumanisation de ce nouvel être censé représenter l'aboutissement d'une histoire d'amour et qui n'est plus qu'un objectif à atteindre…

Elle secoua les épaules, prise d'un frisson de dégoût. Je ne réagis pas, horrifiée.

— C'est à cause de cet environnement que j'ai fait une dépression, reprit-elle. On a donc décidé de tout arrêter et de laisser la nature décider.

— En même temps, vous tentez l'adoption.

— Voilà. Je pense que ce sera mieux pour nous. Aujourd'hui, j'arrive à envisager de ne jamais être enceinte, de ne jamais porter notre bébé et de ne jamais accoucher. La maternité, c'est plus que tout ça, je crois.

Je souris tout en regardant ma tasse : ce n'était pas moi qui la contredirais sur ce point !

— En effet, oui.

— Et puis, nous commençons doucement à avancer sur le chemin du deuil de la parentalité.

— Du deuil ? Vous... vous avez perdu un bébé ?

Angela s'esclaffa.

— Non, mais Gabriel et moi imaginons que notre vie puisse être une vie... sans enfants.

La perspective semblait encore difficile pour elle, et elle avait eu du mal à terminer sa phrase.

— Ah ! Oui, c'est... ce n'est pas facile à accepter quand on avait vraiment envie de devenir parents, en effet, dis-je pour l'encourager à poursuivre.

— Non, mais nous avons fait le choix de préserver notre couple. Toutes ces pressions et ces difficultés commençaient à se ressentir, et je n'avais pas envie qu'on finisse comme Gus et Isabelle.

Je levai le nez, piquée au vif.

— Gus et... et... et Isabelle ? bredouillai-je.

Elle approuva d'un hochement de tête.

— Oui, des amis. Enfin, « amis »... disons plutôt des compagnons d'infortune. On s'est rencontrés via un programme de soutien. Ils en étaient déjà à leur quatrième FIV, et c'était un nouvel échec. Nous avions exactement les mêmes problèmes, alors forcément, ça nous a rapprochés.

Elle reprit sa tasse pour la porter à sa bouche. Moi, je restais là, tremblante, pendue à ses lèvres. Je ne respirais même plus ! Elle reposa sa tasse sur sa soucoupe.

— Le moins qu'on puisse dire, c'est qu'il le vivait

très mal, continua-t-elle. Très très mal, même. Il se sentait coupable de ne pas pouvoir lui donner ce qu'elle voulait. C'en devenait malsain entre eux, on aurait cru qu'il cherchait en permanence à s'excuser. Il y a eu quelques moments très gênants. Et elle… (Elle leva les yeux au ciel.) Elle était complètement obnubilée par le fait d'avoir un enfant. Tellement qu'elle a fini par en oublier l'essentiel : son mari.

Elle se pencha vers moi, l'œil brillant d'excitation.

— On m'a dit qu'elle s'était fait mettre en cloque par son boss ! gloussa-t-elle.

Ma mâchoire s'en décrocha de stupéfaction. Elle se rassit correctement, visiblement satisfaite de ma réaction.

— Enfin, bref, il paraît que, quand il a appris qu'elle était enceinte, il a pété un câble. Il a fait ses valises et a demandé le divorce. Seulement, madame a refusé. Je crois qu'il dirige une grosse boîte et qu'il ne peut pas trop se permettre un scandale où il apparaîtrait comme le cocu de service. Du coup, elle en profite. Y en a vraiment…

Elle s'arrêta pour lever une fois encore les yeux au ciel. Je ne réagissais pas, toujours sous le choc. L'histoire n'était plus la même et tout prenait sens.

Le soir où j'avais revu Gus au Salon de la voile, il cherchait Angela pour parler de ses problèmes. Voilà pourquoi il n'allait pas bien, pourquoi il avait eu besoin de vodka et pourquoi il était parti si vite. Ce soir-là, il avait trompé sa femme infidèle pour la première fois. Avec moi. C'était également grâce à Angela qu'il m'avait retrouvée au supermarché. Il avait essayé de me faire comprendre qu'il n'était pas parfait, pas l'homme idéal. Peut-être même qu'il aurait aimé se confier le soir où nous étions chez ses parents et qu'il m'avait dit que l'argent ne pouvait pas tout acheter.

Je repensai à tous les moments qu'il avait passés avec Vic, à son sourire quand nous étions tous les trois... Pourquoi n'avais-je pas compris qu'il était impossible qu'il renie l'enfant que portait sa femme sans de vraies raisons ? Pourquoi avais-je douté si facilement de lui ? Et pourquoi avais-je cru ses mensonges à elle ? Lorsqu'elle était venue chez moi, elle avait habilement manié les mots pour m'amener à croire ce qu'elle voulait, en utilisant Vic au passage pour m'obliger à me culpabiliser. Quelle salo...

— Ali ? Ali !

La voix d'Angela me ramena à la réalité.

— Heu, oui, pardon, désolée, je... je repensais à quelque chose.

— Ça va ? demanda-t-elle, inquiète. Tu es toute pâle.

— Je... C'est rien, j'ai... j'ai dû manger un truc qui ne passe pas. Je peux t'emprunter tes toilettes ?

— Mais évidemment.

Elle me désigna le fond du couloir.

Je me levai et titubai jusqu'à la salle de bains, où je m'enfermai. J'ouvris le robinet pour me passer un peu d'eau sur le visage. J'avais du mal à respirer, et ma tête tournait.

Depuis notre dispute, un mois plus tôt, j'avais opéré beaucoup de changements dans ma vie. Outre le fait d'avoir engagé les procédures pour devenir officiellement la tutrice de Victor et d'avoir changé de travail, j'avais accepté de revoir Julian. J'en avais besoin, pour avancer, tourner la page, et retrouver confiance en moi. Julian ne s'était jamais montré aussi attentionné et gentil avec moi, mais... ça ne fonctionnait pas. Je n'arrivais pas à m'investir dans cette relation, je n'y croyais pas. J'avais beau faire semblant, essayer de me convaincre que ça pouvait marcher et que Gus n'était qu'un salaud de plus, ça n'allait pas, je ne l'oubliais pas.

Je passais souvent mes soirées devant la télévision à ressasser nos souvenirs, à repenser à nos jolis tête-à-tête, au sentiment de bien-être que je ressentais lorsqu'il était endormi à côté de moi, ou que je savais qu'à quelques kilomètres de là il pensait à moi.

Je soupirai en me regardant dans le miroir et me remémorai notre dernière dispute, la maladresse dont j'avais fait preuve en lui parlant de tout ce qu'allait lui apporter cet enfant. Pendant des années, il avait sans doute rêvé de devenir papa et certainement crevé d'envie d'être le père biologique de l'enfant qu'elle portait. Le discours que je lui avais tenu ce jour-là pour le pousser à aimer cet enfant sonnait soudain de manière horriblement cruelle. J'avais été stupide et, comme à mon habitude, je m'étais emballée, gobant sans tiquer la vérité arrangée par sa femme. Et les paroles qu'il avait prononcées… Ces mots froids et cruels qu'il avait utilisés… Il avait calculé pour taper là où il me ferait mal. Il savait que je perdrais mon sang-froid et que je le ficherais à la porte, s'il m'attaquait à propos de Vic. Il avait calculé, oui. Tout calculé.

Je sortis de la salle de bains pour retrouver Angela dans son salon.

— Excuse-moi, Anggie, ça te dérange si je passe un coup de fil ? C'est très urgent.

— Non, non, je t'en prie, répondit-elle, intriguée.

J'attrapai mon téléphone et m'éloignai pour composer le numéro de Gus. J'ignorais où j'allais ; tout ce que je savais, c'était que je voulais m'excuser pour le terrible discours que j'avais osé lui tenir. Le reste… nous verrions.

Au bout de la sixième sonnerie, je tombai sur son répondeur. Je raccrochai. Je voulais lui parler de vive voix, pas lui laisser un message qu'il n'écouterait jamais.

Les jours suivants, je passai mon temps à lui téléphoner. J'essayais à différentes heures de la journée, de mon fixe, de mon portable, mais il ne prenait aucun risque. Même lorsque je l'appelais avec le fixe de mes parents ou le portable de ma mère, des numéros qu'il ne pouvait pas connaître, il ne décrochait pas.

Après une semaine d'appels infructueux, il ne me restait plus qu'une solution : aller à sa rencontre.

20

Le mercredi, je demandai à ma mère de garder Vic. J'avais décidé de mettre ce dernier dans la confidence, et lorsque je lui avais expliqué que j'allais parler à Gus, il n'avait pas insisté pour m'accompagner. Il avait compris tout l'enjeu de cette rencontre et m'avait même souhaité discrètement bonne chance, au moment où j'avais franchi la porte de la maison de mes parents. J'avais bien vu l'espoir au fond de ses yeux, mais l'avais averti que rien n'était acquis. Je ne voulais plus le voir déçu à cause de mes erreurs.

Je pris le train de banlieue jusqu'au centre de Paris. J'avais trouvé son adresse sur Internet, celle qui figurait également sur la carte de visite que j'avais réduite en miettes le soir où nous nous étions disputés. Les indications de mon téléphone portable me menèrent à un immeuble ancien assez chic. Une plaque dorée portait le nom de sa société.

J'inspirai un bon coup avant d'appuyer sur le bouton de l'Interphone. La porte s'ouvrit automatiquement. Je passai le porche et me dirigeai sur la droite pour accéder à l'escalier. Je m'arrêtai au premier étage, devant une porte près de laquelle figurait une plaque semblable à celle d'en bas. Je sonnai, entrai et me dirigeai vers un immense comptoir gris, derrière lequel se tenait une réceptionniste.

— Bonjour, me salua-t-elle froidement.

La porte claqua derrière moi.

— Euh... bonjour, balbutiai-je, un peu mal à l'aise.

L'étage avait été refait à neuf. Le mobilier était moderne, la décoration, design. Seul le parquet ancien trahissait l'âge du bâtiment. Je ne pus m'empêcher de laisser mon regard traîner partout. C'était beau, on se serait cru dans une série américaine !

Je m'approchai. La secrétaire me toisait d'un air pincé, dans l'attente.

— Je... Je voudrais voir M. De Lantais, dis-je en avec le plus d'aplomb possible.

Il fallait que je me reprenne, ce n'était pas le moment de me laisser impressionner par la déco.

L'hôtesse d'accueil attrapa son agenda. Son geste trahissait une pointe d'agacement.

— Oui, vous avez rendez-vous ? fit-elle en soupirant.

Ah. Je n'avais pas pensé qu'il en faudrait un.

— Non. En fait, je… je suis une amie de passage en ville, et je voulais juste lui faire… un petit coucou.

Je plissai les yeux : un « petit coucou »… Super, elle allait certainement me laisser m'entretenir avec lui sous ce prétexte sérieux, tiens ! « Monsieur De Lantais ? Oui, j'ai quelqu'un, là, qui veut vous faire "un petit coucou" ! » Mais quelle conne… et à voir son regard consterné, je devinais que la secrétaire partageait mon avis.

— M. De Lantais ne reçoit que sur rendez-vous, m'expliqua-t-elle sur un ton toujours aussi professionnel.

— Oh ! je vois, fis-je, déçue.

Un nœud se forma dans ma gorge. Elle allait forcément lui dire que quelqu'un était passé, et j'avais toutes les raisons de penser qu'il allait redoubler de vigilance pour m'éviter.

— Vous désiriez autre chose ? demanda-t-elle, visiblement pressée de se débarrasser de moi.

Je soupirai, résignée.

— Non, merci. Je… j'essaierai de repasser un peu plus tard.

Elle laissa échapper un ricanement condescendant.

— Ce ne sera pas nécessaire : M. De Lantais ne reçoit que sur rendez-vous, répéta-t-elle en articulant chaque syllabe.

Je me renfrognai ; elle commençait à me gonfler celle-là à me prendre pour une demeurée.

— Oui, merci, j'ai compris, aboyai-je. Mais je n'ai pas de rendez-vous, et avec votre condescendance à la con, je me doute que vous n'allez pas me proposer d'en prendre un, hein.

Elle réajusta la monture de ses lunettes sur son nez avant de planter un regard de maîtresse d'école dans le mien.

— Bon, écoutez, j'ai été bien aimable jusque-là, mais on n'est pas dans un moulin, ici. Je n'ai pas de temps à perdre, je travaille, moi. Alors, vous êtes gentille, la porte est juste derrière vous.

Elle fit un signe vers ladite porte pour m'inviter à la prendre.

OK : elle m'avait cherchée. Je posai vivement mes deux mains sur le comptoir derrière lequel elle se cachait pour mieux me pencher vers elle.

— Écoute, morue, remballe tes airs supérieurs, parce que, jusqu'à preuve du contraire, ton seul pouvoir, c'est de griffonner des rendez-vous dans un putain d'agenda.

— Madame, veuillez vous calmer, m'intima-t-elle en haussant le ton. Je ne vous ai pas insultée, vous êtes priée de rester polie.

— Ah, mais t'as rien vu, cocotte : là, je suis polie ! Et si je commence à…

— Que se passe-t-il ici ? nous interrompit un homme qui venait de sortir du bureau situé à droite de l'accueil, sans doute attiré par l'agressivité de la conversation.

Il s'agissait d'un immense gaillard d'au moins un mètre quatre-vingt-dix, à la peau mate et au léger accent britannique. Il me dévisageait, intrigué.

— Cette jeune femme insiste pour voir Gustave, expliqua la secrétaire.

Le ton s'était radouci, difficile de ne pas comprendre qu'il s'agissait là de son supérieur.

Il se tourna vers moi, le sourcil froncé.

— Qui êtes-vous ?

Je soupirai, résignée. J'allais sortir d'ici à grands coups de pied dans l'arrière-train, moi, je le sentais…

— Aliénor Giardini. Mais, s'il vous plaît, ne dites pas à…

— Aliénor ? *La* Aliénor ? s'écria-t-il.

— Heu… peut-être, répondis-je, méfiante.

— Ça alors ! Depuis le temps que je rêve de vous rencontrer. Edward Powell, mais appelez-moi Edward. Je suis l'associé de Gus, m'expliqua-t-il en me tendant la main.

Il avait accompagné ces quelques mots d'un sourire avenant.

Gus m'avait souvent parlé de lui durant notre courte relation, mais je devais reconnaître que je ne me l'étais pas imaginé aussi séduisant. Décidément, quel duo !

— Oh ! Edward, bien sûr ! Enchantée de faire votre connaissance, dis-je en attrapant la main qu'il me tendait.

— *My Lord !* Je dois dire que Gus vous a rendu justice : vous êtes exactement comme il vous a décrite !

— Ah oui ? demandai-je avec le sourire.

J'aurais voulu prendre en photo le visage décontenancé de la secrétaire à ce moment-là, pour me réconforter, les soirs de déprime.

— Oui, enfin, Gus n'est pas du genre à s'étendre sur sa vie privée, vous savez, mais il a laissé filer quelques petites choses vous concernant et...

Le regard d'Edward croisa celui de sa secrétaire, qui nous dévorait des yeux, avide de cancans.

— Et si nous allions discuter ailleurs, hein ? suggéra-t-il. J'ai un peu de temps avant mon déjeuner. Mon bureau est juste là.

Il fit un signe vers la porte de son bureau qui était restée ouverte.

— Avec plaisir ! répondis-je.

Je le suivis, non sans avoir jeté un regard narquois à la secrétaire. Alors, c'était qui la demeurée, maintenant ?

Je passai devant Edward qui avait marqué l'arrêt à l'entrée de son bureau. La pièce était spacieuse, occupée par un imposant bureau à plateau en verre où trônaient deux larges écrans d'ordinateur. Sur les murs, des peintures bariolées qui me rappelaient étonnamment les motifs des rideaux d'Angela. Un bureau élégant conforme à l'image de la société... et de sa direction.

— Asseyez-vous, je vous prie, dit-il en me désignant les deux chaises au design farfelu disposées devant le bureau.

Je ne me fis pas prier et allai m'installer tandis qu'il faisait le tour pour prendre place dans un imposant fauteuil en cuir noir.

— Dites-moi tout, très chère Aliénor, commença-t-il avec un sourire bienveillant. Qu'est-ce qui vous amène ici, aujourd'hui ?

Je me grattai la nuque, un peu tendue. Je jouais une véritable partie d'échecs, là. Je devais à tout prix gagner la confiance d'Edward pour qu'il m'aide à retrouver Gus. À l'inverse, si je me plantais, ce grand gaillard pourrait constituer un énorme obstacle dans ma quête.

— Eh bien, je suis... je suis venue voir Gus.

Cette timide (et prudente) explication sembla l'amuser.

— Oui, ça, je l'imagine ! Mais il ne vous a pas dit où il était ce matin ?

Il semblait un peu suspicieux. Je devais répondre vite et bien.

La secrétaire ne m'avait pas laissé beaucoup d'indices, mais elle ne semblait pas avoir connaissance de l'endroit exact où se trouvait Gus. Pour elle, il était juste « absent ». Et maintenant, voilà Edward qui s'étonnait que je ne sache pas où il était... il y avait de fortes chances pour que cette absence soit due à un motif personnel.

— Vous connaissez Gus et sa vie privée, hein ! lâchai-je avec un rire nerveux pour gagner du temps.

Edward sembla réfléchir un instant, me provoquant une montée d'angoisse. Si Gus était simplement en rendez-vous professionnel, c'était échec et mat.

— Oui, concéda-t-il enfin. C'est vrai qu'il a tendance à tout garder pour lui. Enfin, là, c'est une libération, vous devez vous réjouir, non ? Vous allez enfin pouvoir faire des projets !

Je me mordis la lèvre. Gus ne lui avait pas dit que nous ne nous voyions plus, et même si ce petit signe était encourageant, je ne pouvais pas crier victoire. Pour l'instant, les « projets » se résumaient à le retrouver et lui présenter mes excuses, la suite était encore floue.

Edward s'affala dans son fauteuil en faisant tourner un stylo entre ses doigts.

— Depuis le temps que je lui conseille d'exiger

un test de paternité... Quand il s'est enfin décidé à en faire la demande, elle s'est totalement dégonflée. C'était pourtant simple !

Je souris, soulagée pour lui ; il avait enfin obtenu son divorce.

— Il... ne voulait pas ternir leur histoire, dis-je au souvenir de notre seule et unique conversation sur son mariage.

Il hocha la tête.

— De toute façon, les choses avaient beaucoup trop dégénéré entre eux, et là, ça a été l'apothéose : elle savait que Gus ferait tout son possible pour éviter un scandale, et elle en a joué jusqu'au bout, persuadée qu'il reviendrait pour sauver les apparences. Il a hésité, hein... Ce bébé, ils en avaient tellement rêvé... Mais, franchement, elle s'imaginait vraiment qu'il pourrait se résigner à élever l'enfant de l'homme avec lequel elle avait eu une aventure au début de leur mariage ?

Je levai un sourcil. Tiens, tiens, la douce Isabelle avait omis de mentionner ce petit écart, lorsqu'elle m'avait jeté ses huit années de bonheur « sans nuages » à la gueule.

— Gus voulait tourner la page, et elle a tout fait pour ralentir les choses, continua Edward. Il était prêt à lui céder la moitié de ce qu'il possédait juste pour pouvoir avancer, alors qu'il n'avait aucune raison d'être conciliant après ce qu'elle avait fait ! Elle a eu tort d'être trop gourmande : à force d'en demander encore et encore, elle a franchi la limite, et il s'est arrangé pour qu'elle en récupère le moins possible. Je ne comprends pas pourquoi il lui a fallu autant de temps avant de montrer les crocs... Il est tellement plus agressif dans le business !

— Ah oui ? fis-je, amusée.

Je n'arrivais pas à me figurer un Gus « agressif », impossible. Pour moi, il n'était que douceur, tendresse, et parfois, le soir, quand nous étions seuls, passion...

— Aaah, Gus, s'exclama Edward. Vous savez, je le connais depuis... vingt ans ? Vingt-trois ans ? J'ai toujours eu l'impression que, sentimentalement, il était resté bloqué à l'école primaire ! Mais depuis qu'il vous connaît, je le trouve moins naïf, plus adulte émotionnellement. Vous lui faites un bien fou !

— Oh ! je ne suis pas sûre, dis-je, un peu gênée.

J'avais au contraire le sentiment que, entre Gus et moi, j'étais la gamine et lui, le garde-fou.

— J'espère qu'entre vous, ça durera : je le trouve nettement plus performant depuis que vous faites partie de sa vie, tous les deux !

— Il vous a parlé de Vic ? demandai-je avec un pincement au cœur.

Impossible de ne pas penser au regard débordant d'espoir de mon petit bonhomme quand je lui avais annoncé que je partais retrouver son partenaire de jeu préféré. Edward sourit.

— Oui, et pas qu'une fois ! Il m'a même confié que... Non, je ne peux pas vous le dire, Gus me tuerait, se ravisa-t-il.

Il avait un air espiègle qui me laissait penser qu'en creusant un peu...

— Oh ! Edward, s'il vous plaît ! insistai-je.

— Non, il va être furieux.

— Ça restera entre nous, voyons ! dis-je avec un clin d'œil assorti de mon sourire qui me permettait de tout obtenir.

Edward ne sembla pas insensible à la manœuvre, mais pas tout à fait comme je l'avais imaginé.

— Vous êtes une redoutable négociatrice, j'admire la technique, bravo.

J'étais face à un homme d'affaires expérimenté et rodé aux tractations les plus ardues, il avait tout de suite compris ce que je cherchais à faire. Je n'avais plus qu'à jouer la carte de la vérité !

— Vous pensez bien qu'il faut au moins ça pour séduire Gus !

— Ah, ça... depuis deux ans, il s'est un peu refermé sur lui-même, il est devenu comme... inaccessible. Votre arrivée dans sa vie est un véritable miracle !

Je baissai les yeux sur le bureau, le rose aux joues

au souvenir de notre histoire un peu chaotique, voire abîmée, mais si douce.

— Oui, un miracle, c'est le mot.

Edward sourit, visiblement attendri par ma réaction. Il prit une profonde inspiration.

— Il m'a confié que, lorsqu'il est avec votre fils et vous, il a le sentiment d'avoir enfin trouvé sa place.

Mon cœur se serra ; oui, sa place était auprès de nous.

— C'est... une bien jolie confession, dis-je, la gorge nouée.

— Je compte sur vous pour rester discrète sur cette petite... hum, « révélation » ? Il saura inévitablement que cela vient de moi s'il apprend que vous savez, et il m'en voudra. Et Dieu sait que Gus peut être impitoyable quand il le veut...

Je serrai les mâchoires. J'étais bien placée pour le savoir.

— Ne vous inquiétez pas, le rassurai-je. Vous savez à quelle heure il sera de retour ?

Il jeta un coup d'œil à son énorme montre.

— Il avait rendez-vous à 10 heures avec son avocat pour la conciliation, il ne devrait plus tarder. Connaissant Gus, il va aller déjeuner avant de revenir ici. Je sais qu'il aime bien prendre l'air quand il fait beau comme aujourd'hui. Peut-être le trouverez-vous...

— ... au parc situé à deux rues d'ici, complétai-je en me souvenant de notre première rencontre.

— Oui, approuva Edward. Exactement.

Je souris en coin. J'avais toutes les informations dont j'avais besoin.

— Je vais essayer de le retrouver, annonçai-je en me levant. Merci pour tout, Edward.

Je lui tendis la main. Il la serra avec enthousiasme.

— Je vous en prie, ce n'est rien. J'espère que nous aurons l'occasion de faire plus ample connaissance autour d'un dîner ? Mon épouse serait ravie de vous rencontrer. Je pense que vous devriez bien vous entendre ! ajouta-t-il avec un clin d'œil complice.

Je lui souris timidement. Il y avait encore tellement de questions sans réponses, impossible de lui tenir la moindre promesse.

— J'espère pouvoir la rencontrer un jour, Edward. Merci encore et au revoir.

Je tournai les talons pour sortir, avant de me raviser.

— S'il vous plaît, dis-je en revenant vers le bureau. Est-ce que cette petite entrevue peut rester entre nous ?

Edward mima le geste d'une fermeture Eclair sur ses lèvres.

— Personne n'a franchi cette porte ce matin !

Je lui adressai un sourire reconnaissant.

— Merci, soufflai-je avant de sortir.

Je quittai l'immeuble pour gagner le parc où nous

nous étions disputés, quatre mois plus tôt. Je marchais vite, effrayée à l'idée de le manquer. Lorsque j'arrivai sur place, l'endroit était encore relativement désert. Je m'installai sur le banc central, juste en face de l'aire de jeu, une place stratégique pour surveiller les cinq entrées du square. Je jetai régulièrement des coups d'œil à ma montre.

Midi et demi, toujours personne. J'observais tous les bancs, détaillais le moindre visage. Chaque fois qu'une silhouette vaguement masculine s'approchait d'une des entrées, je sursautai. Je regardai encore ma montre.

13 heures et toujours personne. Je me levai et tournai dans le parc, désespérée. Et s'il ne venait pas ?

Je commençais à perdre espoir, cherchant déjà les mots pour expliquer à Vic que j'avais échoué, quand je l'aperçus enfin arrivant de la bouche de métro.

Il ne portait ni manteau ni veste, et avait relevé les manches de sa chemise bleu clair jusqu'aux coudes, sans doute pour avoir moins chaud en cette belle journée de début d'été. Il était concentré sur son téléphone portable : les écouteurs dans les oreilles, il choisissait certainement ce qu'il allait écouter pendant sa pause déjeuner. Il tenait à la main un sac en papier portant le logo d'un magasin de sandwichs haut de gamme, et je me doutais qu'il contenait un sandwich au jambon sec italien. Je souris discrètement en le voyant. Il m'avait beaucoup manqué, plus encore que je l'avais pensé.

21

Je soufflai un bon coup en attrapant mon portable dans la poche de ma veste. Gus était entré dans le parc et cherchait un banc où s'asseoir. Je ne le quittais pas des yeux, le suivant à bonne distance, afin qu'il ne me remarque pas. Je choisis son numéro de téléphone, puis lançai l'appel. Sa sonnerie résonna tandis qu'il prenait place sur un banc situé dix mètres plus loin. Il vérifia le nom du correspondant avant de replacer l'appareil dans sa poche sans hésiter. J'avançai alors d'un pas décidé dans sa direction. Son répondeur m'invita à laisser un message. Gus était en train de déballer son sandwich quand je me plantai en face de lui.

— Tu comptes m'éviter encore longtemps ?

Aucune agressivité dans ma voix. J'avais juste envie de comprendre. Il me regarda par en dessous, un peu décontenancé, prêt à mordre dans son sandwich.

— Je peux m'asseoir ? demandai-je en pointant du doigt le banc.

Il acquiesça d'un léger signe du menton. Il replaça son sandwich dans le sachet et retira lentement ses écouteurs. Je m'assis à une distance amicale, en silence, lui laissant le loisir d'engager la conversation. Au bout d'une minute, les yeux parcourant le parc qui s'était passablement rempli, je compris qu'il ne parlerait pas.

— Tu vas bien ? demandai-je alors.

Il soupira.

— On fait aller. Victor et toi ?

— Ça va aussi. Merci.

Nous replongeâmes dans le silence une nouvelle minute.

— Je... Félicitations pour... ton divorce. Je ne suis pas certaine que ça se dise, mais bon...

Il sourit.

— Oh ! ce n'est que le début. J'ignore comment tu as su, mais... merci.

Je soufflai un bon coup. Il ne semblait vraiment pas décidé à parler.

— De mon côté, je... j'ai suivi tes conseils. Enfin, « conseils »...

Je m'arrêtai pour lever les yeux au ciel.

— J'ai repris contact avec Déborah, et nous

avons rempli une demande d'adoption simple, lui annonçai-je.

Il me jeta un regard surpris.

— Tu vas adopter Vic ?

— Oui. Du moins, j'en ai fait la demande. J'ai sollicité l'aide de mes parents pour payer un avocat. C'est lui qui me guide dans mes démarches. J'ai changé de travail pour avoir un revenu et des horaires plus stables pour Vic. Je travaille comme commis de cuisine pour un ami de mon père. Je suis absolument nulle, mais tout le monde est adorable avec moi. Je travaille principalement à midi et j'ai mes mercredis de libres. Comme ça, je peux passer le plus de temps possible avec Vic.

— C'est bien.

— Oui, et je voulais tellement que mon dossier soit impeccable en cas d'enquête sociale que...

Je relevai la manche de mon T-shirt pour lui montrer mon patch à la nicotine.

— ... j'ai décidé d'arrêter de fumer.

— Bravo.

Je fis la moue en remettant ma manche en place.

— Mouais... j'agresse tout le monde et, dès qu'un mec me fout une clope sous le nez, je le traite de... enfin, tu sais.

Il rit.

— Oui, je sais.

Il y eut un nouveau silence.

— D'après mon avocat, et puisque j'ai l'accord de Déborah, il ne devrait pas y avoir trop de soucis.

— Tu es la meilleure chose qui soit arrivée à ce petit bonhomme.

Sa sincérité me fit du bien, et je retrouvai le sourire.

— J'ai de la chance qu'il ait déjà sept ans, son avis compte plus que tout le reste. Il a du mal à comprendre que ce soit si long, et il a déjà expliqué à sa maîtresse que, maintenant, il fallait l'appeler Victor Giardini, dis-je en me plaquant une main sur le front.

Inutile de dire qu'il s'était ensuivi une discussion un peu compliquée avec l'équipe enseignante, après ce petit événement, mais Vic n'en démordait pas : il voulait vraiment qu'on l'appelle Victor Giardini.

Gus sourit.

— C'est très mignon.

— Oui, et puis… ça fait plaisir à mon père.

Nous restâmes une fois encore silencieux quelques instants.

— Il parle tout le temps de toi, tu sais.

Il plissa les yeux, une expression douloureuse sur le visage.

— Ali…

— Tu lui manques énormément.

— C'est mieux comme ça, crois-moi.

— Pourquoi ? Parce que tu ne peux pas avoir d'enfants ?

Il leva vers moi des yeux écarquillés. Il ne s'attendait pas à ce que je le sache.

— On m'a raconté ce qui s'est vraiment passé avec Isabelle, continuai-je calmement. Tu n'es pas le père de ce bébé, et ta demande de test de paternité t'a permis de lui faire accepter le divorce.

Il laissa filer un petit râle d'agacement, mécontent que je connaisse tous les détails de son histoire.

— Qui t'en a parlé ?

— Il se peut que... j'aie rencontré Edward, avouai-je, un peu gênée

Il prit un instant pour réfléchir.

— Ce n'est pas moi qui ai réclamé ce test... Et tu te doutes que ce n'est pas elle non plus, dit-il en plongeant ses tristes yeux bleu-gris dans les miens.

Je me figeai. Effectivement, dans cette histoire, nous avions oublié quelqu'un : l'autre papa.

— Oh ! merde... je... je suis désolée.

Il haussa les épaules.

— Ce n'est rien, ça ne me touche pas... ça ne me touche plus. Je crois que je me suis fait à l'idée d'être juste... l'incompétent de service.

Je lui jetai un regard sévère.

— Et tu préférais passer à nos yeux pour un connard plutôt que pour un incompétent ?

Il sourit en coin.

— Un connard suscite moins d'empathie.

— Tu voulais nous éloigner de toi, c'est ça ?

— Quelque chose comme ça... avec quelques subtilités.

— Explique-moi.

Il ne répondit pas, se contentant de regarder le parc, son sandwich dans les mains.

— C'est à cause de Vic ? demandai-je.

Peut-être que la présence de Vic lui rappelait ce qu'il n'aurait jamais et qu'il ne pouvait plus le supporter.

Il rit en secouant la tête.

— Non, Victor est génial et, honnêtement, il me manque beaucoup, lui aussi.

Je ne le quittais pas des yeux. Il restait concentré sur le parc, loin de moi.

— Pardon, dis-je solennellement.

Il jeta un regard inquiet dans ma direction.

— Pardon, Gus. Pardon d'avoir douté de toi, pardon d'avoir cru les mensonges de ta femme et pardon de ne pas t'avoir fait confiance. Tu as le droit d'être en colère.

Il soupira.

— Je ne suis pas en colère.

Je le regardai, pas franchement rassurée de le voir aussi serein. Il se redressa et prit une profonde inspiration.

— J'ai bien compris que la vie t'avait appris à te méfier de tout le monde. Je sais aussi que j'étais un des seuls à qui tu faisais confiance. Pour être honnête, je n'ai jamais compris pourquoi, mais j'en étais très fier.

Je souris timidement.

— Jamais je ne pourrai t'en vouloir d'avoir cru ce qu'elle t'a raconté, continua-t-il. D'avoir pensé que j'étais comme les autres, un de ces abrutis auxquels tu refuses de t'attacher pour vous éviter de la souffrance, à Vic et toi. Et puis, je n'ai rien fait pour te détromper. J'aurais pu parler, t'avouer la vérité, comme tu l'as fait le soir où tu m'as appris que tu n'étais pas la mère biologique de Vic… J'ai préféré agir différemment. Même si mes cervicales s'en souviendront longtemps !

Je serrai les mâchoires.

— Ah, tu la méritais un peu, hein ? Tu n'y es pas allé de main morte, ce soir-là.

Il rit, un peu gêné.

— Pardon. Je voulais être certain que tu ne me regretterais pas, et je savais ce qu'il fallait dire pour que tu me détestes.

— Bravo, la mise en scène était parfaite !

Nous rîmes tous les deux avant de nous taire progressivement.

— Gus, explique-moi pourquoi tu ne me crois pas à la hauteur.

Si Victor n'était pas le problème, alors c'était moi.

— Ce n'est pas toi qui n'es pas à la hauteur, c'est moi !

— Non, dis-je fermement.

Il souffla, le regard rivé droit devant lui.

— Ali, je suis stérile.

Je l'observai, sérieuse, dans l'attente de la suite. Suite qui ne vint pas.

— Et alors ?

— Et alors ? s'étrangla-t-il. Comment tu peux dire ça ? Je ne pourrai jamais avoir d'enfant. Jamais, tu entends ?

Je fronçai les sourcils.

— Oui, d'accord, j'ai compris. Et alors ? répétai-je en articulant exagérément la question.

Son visage se décomposa.

— Tu l'as dit toi-même, c'est... le sens d'une vie, le but, le truc qui fait tourner la machine !

— Non.

Il lâcha un ricanement moqueur qui me fit mal.

— Ah, Ali... Tu es si épanouie, si forte et vivante... Nous sommes le jour et la nuit.

Je sentis les larmes me monter aux yeux en l'entendant se dénigrer ainsi.

— Je refuse de vous imposer ça, dit-il en relevant

les yeux vers moi. Contrairement à ce que tu penses, tu es une vraie mère, une super maman même, et jamais je ne t'empêcherai de donner une famille à Victor.

— Mais, enfin, Gus, tu sais très bien que je ne veux pas de tout ça ! Pourquoi tu t'obstines ?

— Aujourd'hui, tu penses que ce n'est pas ce que tu veux, mais tu changeras d'avis. Un jour, tu penseras différemment et tu finiras par trouver un moyen d'obtenir ce que tu désires, quel qu'en soit le prix.

Je fis une grimace de dégoût.

— Je ne suis pas elle, et jamais je ne lui ressemblerai !

— Tu ne peux pas le savoir, rétorqua-t-il sur un ton paternel horripilant.

— Si, dis-je en tentant de maîtriser ma voix, qui tremblait sous l'effet de l'émotion. Parce que, si j'avais été à sa place, si j'avais eu la chance de te rencontrer avant elle, que tu m'aies demandé de t'épouser un soir à Venise, dans un hôtel à la con, si j'avais eu l'occasion de te dire oui devant deux cents abrutis, si j'avais eu la promesse de me réveiller chaque matin à côté de toi, pour le reste de mes jours, je te jure que jamais, jamais je ne t'aurais laissé partir.

Ses yeux se voilèrent légèrement.

— Gus, repris-je avec espoir. Le soir où l'on s'est disputés, j'essayais de te convaincre de revenir sur ta décision, parce que je pensais que les choses étaient différentes. Il est évident que, si j'avais su la vérité, je ne t'aurais jamais balancé des trucs pareils !

— Ce soir-là, tu as parlé honnêtement, et il était important que je sache, objecta-t-il calmement.

— Non, protestai-je, désespérée. Il ne s'agissait que des arguments stupides d'une godiche qui, pendant un instant, a cru s'être retrouvée en face des parents de Vic, ni plus ni moins.

Mon explication le toucha, je le vis dans son regard.

— Gus, je ne peux pas te promettre qu'un jour je n'aurai pas envie d'un enfant. Je ne peux pas te promettre qu'un jour, je ne te demanderai pas d'essayer. Parce que, quand on est ensemble, il me vient des idées que je ne soupçonnais même pas. Mais là, tout de suite, aujourd'hui, est-ce qu'on ne pourrait pas simplement profiter de ce qu'on a ? Faire découvrir le monde à Victor, passer des après-midi à la piscine ou à jouer aux jeux vidéo ? Faire des projets pour notre anniversaire et s'engueuler parce qu'une pouffe de vendeuse t'a approché d'un peu trop près ?

Il soutint mon regard quelques secondes.

— C'est ça qui fait « tourner la machine », Gus, insistai-je. Il y a un petit garçon qui t'attend en ce moment, un petit garçon qui ne rêve que d'une chose : que je rentre à la maison ce soir en lui annonçant qu'il va bientôt te revoir.

Il souffla longuement.

— Je… Je ne peux pas. J'ai déjà gâché deux vies, peut-être même une troisième. Je ne veux pas en massacrer deux autres, tu comprends ?

Je tremblai. Ce n'était pas possible, non, ça ne pouvait pas se terminer comme ça.

— Tu es drôle, intelligente et incroyablement positive, Ali, dit-il avec un sourire bienveillant. Tu trouveras quelqu'un à ta hauteur, j'en suis persuadé. Quelqu'un qui te permettra d'offrir à Vic tout ce que tu rêves de lui offrir.

Son ton détaché me faisait mal : il avait déjà décidé pour nous.

Il posa sa main sur les miennes. Une larme glissa le long de ma joue.

— Tu es merveilleuse, Ali. Ne l'oublie jamais.

Je plissai les yeux et éclatai en sanglots en le sentant m'embrasser sur le front. Je tentai de m'accrocher à lui, mais il m'empêcha de l'atteindre. Non, non, je ne voulais pas, il n'avait pas le droit !

— Il vaut mieux que j'y aille, Ali, me glissa-t-il à l'oreille.

Il me repoussa doucement, puis se leva. Je le regardai partir, en larmes. Il souriait, apaisé ; il avait pris sa décision, il ne reviendrait pas en arrière. J'aurais beau lutter, je n'y changerais rien. Nous l'avions perdu.

Il s'éloignait, tandis que je restais assise sur le banc qu'il venait de quitter, en proie aux spasmes et à la peine. Je le suivis des yeux, jusqu'à ce qu'il disparaisse, et mes larmes redoublèrent. Pourquoi ? Pourquoi notre histoire devait-elle se terminer comme ça ? Pourquoi ne voulait-il plus de moi ? Je me fichais d'avoir des enfants, je me fichais de l'avenir. Tout ce qui comptait, c'était lui, nous, le présent.

Il me fallut beaucoup de temps pour arrêter de pleurer et me résoudre à quitter cet endroit. Quelque part, j'avais envie d'y rester, espérant qu'il revienne m'annoncer qu'il avait changé d'avis et que, finalement, il était prêt à reprendre notre histoire. Évidemment, il ne revint pas.

Je repris le train de banlieue et rentrai chez mes parents, détruite. Dès que je passai la porte, Victor comprit. Il n'eut pas l'air triste et me rassura même avec un : « T'en fais pas maman, tu mérites mieux de toute façon. » Mais, le soir, après l'avoir mis au lit, je l'entendis sangloter derrière la porte.

Je décidai de donner sa chance à Julian, le seul homme qui m'était un peu dévoué, et passai la nuit avec lui le lendemain. C'était fade et sans intérêt, mais ça m'importait peu : ce serait le goût de ma vie désormais, autant m'y habituer.

Après deux ans d'une relation sans aucune passion, Julian me fit sa demande. Au milieu d'un fast-food, un genou à terre, avec une bague moche qui avait dû lui coûter toutes ses maigres économies. J'imitai les filles de la télévision : gémissements, « oui », main sur le cœur lorsqu'il me passa la bague au doigt. Le pauvre ne sembla pas voir que mes yeux étaient restés secs.

La même année, après une interminable bataille juridique, les parents de Déborah obtinrent la garde exclusive de Vic, les autorités compétentes jugeant mon petit salaire d'apprentie cuisinière et le chômage de Julian insuffisants pour élever décemment un enfant. Vic partit donc vivre dans la banlieue de Toulouse, auprès de Janine et Roger, tous deux retraités de la fonction publique. On m'accorda un droit de visite qu'il me fut impossible d'exercer étant donné la distance qui nous séparait et mes maigres revenus. Victor me téléphona au début. Deux fois par semaine. Puis une fois. Une fois par mois ensuite. Puis une fois par an. Puis plus jamais.

Mon mariage avec Julian fut célébré à la mairie d'Argenteuil et suivi d'une fête minable à la salle des fêtes de la ville, que mes parents avaient louée pour l'occasion. La soirée se termina aux urgences de l'hôpital d'Argenteuil après qu'un des cousins de Julian eut été surpris dans les toilettes en pleine fornication avec la nouvelle fiancée de mon frère Hugues. Méro, Clovis et lui s'entendirent pour refaire le portrait dudit cousin. Entre l'hôpital et la gendarmerie, la fête fut mémorable !

À force de vivre dans le mensonge, mon mariage avec Julian fut un échec, concrétisé lorsqu'un soir, en rentrant chez moi après une dure journée de labeur, je le surpris sur notre canapé entre les cuisses de la nouvelle voisine. J'appelai mes frères qui le mirent dehors, et je me retrouvai seule, dans mon petit HLM. Je pris un chat que j'appelai Hug, en hommage à mon compagnon à quatre pattes, disparu avec Vic.

Un mercredi matin, alors que j'avais décidé d'aller me promener à Paris, comme au bon vieux temps, je tombai sur Gus. Il n'avait pas changé. Il me sourit tristement, et nous échangeâmes quelques banalités. « Tu vas bien ? Oui, il fait beau. Un peu frais pour la saison. Le boulot ? Toujours pareil. À bientôt. » Puis nous nous quittâmes. Il était toujours seul, je le savais. Complètement seul.

Assise sur le banc au milieu du square, je frissonnai de dégoût et secouai la tête pour me débarrasser de cette vision d'horreur. Impossible de me résigner à vivre cette vie sans lui. Je me tournai vers Gus, toujours assis à côté de moi.

— Tu es merveilleuse, Ali, ne l'oublie jamais, me dit-il en souriant tristement.

Je le fixai droit dans les yeux, prête à me battre.

— Je ne veux pas de quelqu'un d'autre. Celui que je veux, c'est toi.

Il sembla surpris par la brutalité avec laquelle j'avais prononcé ces quelques mots.

— Ali, écoute, ce ne serait pas…

Je me glissai près de lui et plaquai la main sur ses lèvres pour qu'il se taise. Je le sentais déterminé à camper sur ses positions, mais je ne le laisserais pas m'échapper, pas sans lutter. Je sentis les larmes affluer en voyant son regard triste posé sur moi. Il me manquait tellement !

— S'il te plaît, Gus, reste avec nous, l'implorai-je tout bas.

Ma voix avait fini dans un trémolo, et j'avais senti une larme glisser le long de ma joue. Je ne pleurais jamais et n'avais jamais pleuré pour un homme, mais là, je n'en pouvais plus de le voir me rejeter. Ses épaules s'affaissèrent.

— Oh ! Ali… non, souffla-t-il.

Il semblait démuni à la perspective de me voir pleurer. Je retirai ma main de ses lèvres et essuyai la larme qui avait coulé. Je devais me reprendre, j'étais forte.

— Je t'aime, déclarai-je froidement.

Je ne le lui avais jamais dit, pourtant, je ne l'avais jamais ressenti avec autant de force. Il sourit timidement.

— Moi aussi, Ali. Et c'est pour cette raison que je ne peux pas rester avec vous. Comment me résoudre à gâcher ton avenir ?

Je déglutis avec peine ; il ne comprenait pas.

— Il y a quatre ans, ma meilleure amie a claqué la porte de mon appartement, en me laissant son fils de deux ans et demi sur les bras.

Gus me fixait, intrigué.

— Ça a été l'enfer. Je ne le dirai jamais à Vic, mais j'ai voulu tout arrêter. Oui, j'ai fait sa valise pour l'abandonner à la Ddass. J'ai fait ça, Gus. Parce que je ne voulais pas d'attache, pas d'enfant. Je ne voulais pas que ma vie change. Mais voilà, j'ai renoncé à ce projet. Il était vulnérable, il avait besoin de moi pour s'endormir ou quand il avait peur, il comptait sur moi. Tout à coup, ma vie avait du sens, je servais enfin à quelque chose. J'avais enfin un avenir.

Il sourit.

— Je ne serai jamais vraiment sa mère. Toute sa vie, il restera le fils de Déborah. Moi, je serai juste

« Ali », parfois « maman » quand il panique, mais c'est rare… Tant mieux, j'aime autant !

Gus rit avec moi.

— Vic a tout changé pour moi. J'ai revu mes priorités et j'ai compris tellement de choses, grâce à lui ! Depuis qu'il est arrivé dans ma vie, j'en apprends tous les jours. Bon, OK, concédai-je en levant les yeux au ciel, le niveau n'était pas bien haut au départ, mais humainement, je n'avais jamais rien connu d'aussi enrichissant… jusqu'à toi.

Il pinça les lèvres.

— Tu es arrivé comme Vic : je n'avais pas envie de toi et pas prévu de te garder. Pourtant, tu m'es vite devenu indispensable.

Je ris sous son regard débordant de tendresse.

— C'est l'histoire de ma vie : je suis incapable de choisir ce qui est bon pour moi, alors le destin, le ciel, la Providence, Dieu, ou je ne sais quelle autre saloperie, place les bonnes personnes sur mon chemin.

Je plongeai mon regard dans le sien.

— Je pense également qu'il a mis les deux bonnes personnes sur le tien.

Je vis son regard se teinter d'espoir. L'espoir de nous retrouver.

— Vic ne sera jamais vraiment mon fils. Je ne serai jamais vraiment mère. Et tu ne seras jamais vraiment père. Pourtant, on a de quoi être heureux, tu ne crois pas ?

Il resta un instant les yeux dans les miens. Et puis il s'approcha. Je fermai les yeux en sentant ses lèvres caresser les miennes. Mon cœur s'emballa, tandis qu'une bouffée de chaleur me prenait tout le corps. Mes membres s'engourdirent, ma gorge s'assécha, mon souffle s'accéléra, mes joues s'empourprèrent, la salive s'accumulait. Tout déraillait... et c'était génial !

— Promets-moi que tu ne nous quitteras plus, promets-moi que tu resteras avec nous, dis-je tout bas.

Impossible de renoncer à cette folie douce.

— Je...

Il ne savait plus, il hésitait.

— Tu es mon nouveau départ, Gus. Et tu as raison : ta place est auprès de nous, dis-je dans un murmure.

Il se tendit en entendant ces mots qu'il n'avait jamais prononcés devant moi. Je lui souris tendrement. Il secoua la tête en me ramenant contre lui.

— Pardon, Ali, je suis désolé, mais... oui. Oui, je te le promets.

Je passai les bras autour de son cou et pleurai sur son épaule.

— Pardon... Pardon, répéta-t-il tristement.

Je secouai la tête.

— Mon preux chevalier...

Nous quittâmes le parc main dans la main pour

rejoindre Vic, qui pleura ce jour-là, mais de joie, dépassé par l'émotion des retrouvailles. Gus et moi reprîmes notre relation comme si rien ne s'était arrêté. Nous fêtâmes notre anniversaire avec un peu de retard. Puis un autre, et encore un autre, avant d'emménager tous les trois : c'était plus simple, avec les horaires de Gus.

Entre-temps, il avait rencontré mes parents, qui étaient tombés sous le charme... Victor et moi avions officiellement été présentés aux parents de Gus, ce qui ne s'était finalement pas si mal passé.

Ce ne fut pas à Venise sur une gondole, mais un matin, dans son appartement parisien, entre une brique de lait et le paquet de Miel Pops de Vic, que Gus me demanda de l'épouser. Une toute petite cérémonie dans la propriété de ses parents : ma famille, ses parents, Edward et son adorable épouse, Vic en garçon d'honneur. La lune de miel ? Tokyo à trois, évidemment !

Après une très longue attente et de nombreux rendez-vous pénibles, Victor Lopez devint enfin Victor Giardini. Gus tenta alors de trouver une solution pour compter officiellement dans la vie de Vic, mais nous nous heurtâmes à un mur administratif. Il se contenta donc de prendre ses dispositions pour s'assurer que Vic serait son légataire. Le geste, très important pour lui, l'était beaucoup moins pour Vic qui l'appelait « papa » depuis longtemps.

La cuisine n'étant vraiment pas mon truc, j'ai repris mes études pour devenir éducatrice. Au foyer pour adolescents où je travaille, je suis la spécialiste des gamins difficiles. Il paraît que ma grande gueule leur plaît. Gus travaille toujours autant et je ne fume plus que quatre cigarettes par jour. Nous prenons des vacances, allons au cinéma, au Jardin des Plantes ou manger des sushis. Gus et Vic jouent beaucoup trop aux jeux vidéo. Parfois, lorsqu'il fait beau le mercredi, Vic et moi rejoignons Gus pour déjeuner. Au menu, sandwichs au jambon cru pour le plus grand bonheur de Hug, qui a compris comment manipuler son nouveau maître.

Oui, parfois j'y pense, parfois, Gus en parle. Nous nous entendons toujours aussi bien et nous faisons tout ce qu'il faut pour qu'il ou elle arrive. Peut-être y aurons-nous droit. Peut-être pas. À vrai dire, je n'attends plus rien. Je suis heureuse et je chéris ce que la vie m'a offert de plus précieux : Victor et Gus, ma drôle de petite famille.

Nora Roberts

Plongez dans la collection Nora Roberts et découvrez des histoires d'amour intemporelles, vibrantes et uniques.

À découvrir tous les deux mois.